河出文庫

黄色い雨

フリオ・リャマサーレス
木村榮一 訳

河出書房新社

目次

黄色い雨 5
遮断機のない踏切 171
不滅の小説 189
訳者あとがき 205

黄色い雨

ケルスティン・エルレマルムに

アイニェーリェ村は存在している

村は一九七〇年に完全に廃村になった。けれども、家々は徐々に崩れながらも、ソブレプエルトと呼ばれるウエスカ地方の山の中で、忘却と雪に包まれて、今も沈黙したまま建っている。

しかしこの本に登場する人物はすべて作者の純粋な想像から生まれてきた。にもかかわらず、作者自身は気づいていないが、彼らが実在の人物である可能性は大いにある。

1

彼らがソブレプエルトの峠《とうげ》に着く頃には、おそらく日が暮れはじめているだろう。黒い影が波のように押し寄せて山々を覆って行くと、血のように赤く濁って崩れかけた太陽がハリエニシダや廃屋と瓦礫《がれき》の山に力なくしがみつくだろう。以前そこにはソブレプエルトの家が一軒ぽつんと建っていたが、家族のものと家畜が眠っている間に火災に見舞われて、今は瓦礫と化している。一行の先頭に立っている男がそばで足を止めるだろう。そして廃墟とひどく暗くて寂しいその場所を眺めるだろう。男は何も言わずに十字を切ると、他のものが追いついてくるのを待つだろう。その夜は全員がやってくるだろう。ホセ、デ・カサ・バーノ、レヒーノ、チュアノルース、炭焼きのベニート、アニエートと二人の息子、ラモン・デ・カサ・バーサ。寂しくもの悲しいこのあたりの山を知り尽くしている勇敢な男たち。しかし、その夜の彼らは棍棒《こんぼう》と猟銃で武装しており、不安げな足取りで歩くその目にはおびえたような表情が浮かんでいるだろう。彼らも焼け焦げた廃屋の崩れた壁にちらっと目をやり、その後仲間の一人が手で指し示した方を見るだろう。

前方遠くに山の斜面が広がっている。そこに岩山と畑に挟まれるようにしてアイニェーリェ村の屋根と木々が見えるが、西側に山が控えているせいで日の暮れるのが早く、今ごろはもう暗くなりはじめているだろう。峠から見ると、アイニェーリェ村は崖にしがみつくようにして建っており、湿気と目のくらむような川のせいで崩れ落ちた敷石とスレートが雪崩をうって落ちそうになっている。川のそばの背の低い家のガラスとスレートだけが黄昏《たそがれ》の残光を浴びて微かに光っているだろう。それ以外、あたりは沈黙と静寂に包まれている。物音ひとつせず、立ちのぼる煙も見えず、通りには人影どころか生き物の姿ひとつ見当たらない。無数に並んでいる窓のどこを見てもカーテンは揺れていないし、その前でシーツがはためいてもいない。遠くから見ると、人の住んでいる気配が感じられないだろう。けれども、ソブレプエルトの畑から村を見つめている男たちは、静寂と沈黙、それに闇に包まれているこの村に私が身をひそめて様子をうかがい、じっと待ち受けていることを知っているだろう。

彼らはふたたび歩きはじめるだろう。廃屋になった家の前を通り過ぎると、道はカシワの林とスレートの岩場を抜けて谷の方へ下っていく。坂道にさしかかると、道は傾斜地に沿って急に狭くなるが、それはまるで近くにある水場を求めて山の斜面を這い下って行く巨大な蛇を思わせる。道は藪に呑み込まれたり、時にはまったく見えなくなるだろう。長い距離にわたって厚く生い茂った地衣類とハリエニシダに覆われているだろう。長年の間、あの道を通るものといえば、私しかいなかった。彼らは前を行く男の背中をじっと見つめ、黙りこくったままゆっくり足を運ぶだろう。やがて彼らの耳に腹の底に響くような川音が届いてくるだろう。一羽のフクロウ――いま私の窓の前を通り過ぎたあのフクロウと同じフクロウ――がカシワの林の中で鳴き声をあげるだろう。あたりが真っ暗になったので、先頭に立っている男がランタンに灯をつけて、立ち止まるだろう。他の男たちもすぐそれにならうだろう。影にひきよせられるように、男たちは崖の茂みをじっと見つめるだろう。黄ばんだ気味の悪い光を浴びて、腐ったヘデラと忘却に包まれてどうにか建っている水車小屋のシルエットが浮かび上がるだろう。彼らは何も言わず不安そうにふたたび武器に手を伸ばすだろう。その後、突き当たりに夜空を背景に陰鬱《いんうつ》なアイニェーリェの村が浮かび上がるだろう。虚ろな目を思わせる窓が間近から彼らをじっと見つめるだろう。

彼らは丸太を並べ、その上に土をつき固めただけの丸太橋を渡るが、その時、川の瀬音が彼らの心臓を叩くだろう。彼らの一人が、もううんざりだ、帰ろう、来た道を引き返そうと考えるだろう。しかし、もう間に合わないだろう。道は最初の土塀のところで川とともに姿を消し、ランタンの光を浴びてぞっとするような光景が浮かび上がるだろう。壁と屋根は崩れ落ち、窓は地面に落ち、玄関のドアとその枠組ははずれ、建物は倒れそうになりながら、まだ倒壊してない別の建物のそばで地面に膝をついている。その姿は、今にも倒れそうになりながら、威嚇《いかく》するような姿勢を保っている家畜を思い起こさせるだろう。そんな村の様子を、私は窓越しに眺める。墓地のように荒れ果て、忘れ去られた村を訪れた彼らは、生まれてはじめてイラクサのすさまじい力を思い知るだろう。イラクサは路地や中庭を占領し、家々の心臓部と追憶の中にまで進入し、汚しはじめている。死と荒廃に支配されたこんなところで長年たったひとりで暮らそうと考えるのは狂人だけだ、と考えるものもいるだろう。

あたりが墓地のように静まり返っている中で、彼らは長いあいだ村を見つめるだろう。彼らは昔からこの村のことをよく知っている。中には身内のものがこの村に住んでいて、秋祭りや降誕祭の時にやってきたのをまだ覚えているものもいるだろう。近年、住民が村を捨て、過疎化が進んだ。村の人たちがあれこれ条件をつけたり、嘆き悲しんだり、高値をふっかけたりせずに財産を処分し、その金で低地、あるいは首都で新しい暮らしをはじめようとしたが、その時に家畜や古い家具を買いに来たものもいた。けれども、サビーナが死に、私が人から忘れ去られて一人アイニェーリェ村に取り残され、誰も近づこうとしない狂犬のようになって自分の追憶と骨を噛むことしかできなくなってからは、この村に足を踏み入れるものはいなくなった。あれから十年ほどの歳月が流れた。まったく独りぽっちの、長い、長い十年。時々、薪を拾ったり、夏に羊の群れを追って山に入ってきた連中が遠くから村を眺めることがあった。しかし、いまだに埋葬されていないあわれな死体を思わせるこの村を、忘却という歯が嚙み砕いていると考えるものはいないだろう。

だから目指す家を見つけるのは並大抵のことではないだろう。記憶はぼやけ、村は荒廃し、しかも夜の闇があたりを包んでいる。そのせいで、彼らの目に浮かんだ戸惑いの色がいっそう濃くなるだろう。中には思い切って沈黙の深い霧を引き裂いて私の名を呼び、多くの開け放たれたドア、多くの割れたガラスの向こうの深い暗闇の彼方にいる私に向かって、呼びかけたほうがいいと考えるものもいるだろう。今と同じように夜の底知れぬ無によって彼らの記憶は闇に呑み込まれるだろう。しかし、大声で呼びかけると考えただけで背筋に冷たいものが走るだろう。そこで呼びかけるのは墓場の真ん中で叫び声をあげるようなものだ。そんなことをしても、たぶん夜の均衡を破り、死者たちの目覚めた眠りをかき乱すだけのことだろう。

だから、彼らは黙って私を捜しつづけるだろう。身体を寄せ合い、ランタンの灯を見つめて村の中を歩き回るが、記憶はもはやあてにならないと分かっているので、本能を頼りに動くだろう。通りや中庭をさまよい、同じ道を通り、同じところをぐるぐる回り、立ち止まったり遠回りした末にようやく物陰から水が湧き出している泉を見つけるだろう。鬱蒼《うつそう》と生い茂るイラクサの下になっている泉は悲しみと黒い泥に覆われているだろう。教会を見つけだすまでにはかなり時間がかかるだろう。泉のそばに建っている教会は目の前にあるが、ランタンの光が鉄製の十字架を一瞬照らし出すまで、それが教会だとは気づかないだろう。彼らは近づくことができず、おびえたように遠くからキイチゴの茂みに覆われた柱廊玄関や腐った材木、崩れ落ちた屋根を見つめるだろう。崩れ荒廃した教会の上に建っている要塞のような破風鐘楼《はふしようろう》は石でできた木、あるいはなぜ虚ろな目しかくれなかったのかと天に向かって訴えるために生き延びてきた、盲目の一つ目巨人を思わせる。その夜の彼らにとって、破風鐘楼は不安におびえながらアイニェーリェ村をさまよい歩く時に、この上ない目印になるだろう。

荒れ果てた教会の裏手にあるベスコースの家の前で、彼らは一瞬戸惑ったように立ち止まるだろう。けれども、屋根は腐り、生い茂るヘデラが窓とドアを覆い隠しているのを見て、この家には長年人が住んでいないと確信するだろう。ヘデラがすぐそばまで迫り、家の前の狭い路地をふさいでいるだろう。その路地は鬱蒼と生い茂るクルミの木の影と境界が定かでない果樹園に挟まれているだろう。土塀からは背の高い雑草が垂れ下がり、水路を作って水を堰《せき》まで導いてやるものがいないので、泉から溢れ出した水が道路の真ん中を流れ、木々の間に流れ込み、幹を腐らせたり、苔を生い茂らせている。家の正面でひと塊になっている男たちは、薄暗い柱廊玄関や馬小屋、崩れかけた古い納屋をランタンの灯で照らすが、窓とドアの向こうは人を寄せ付けない闇に包まれているだろう。最初に見た時は、この家もやはり廃屋になっていると考えるだろう。ほかの家と同じように、ヘデラと忘却がその家を厚く覆っているだろう。一瞬記憶がよみがえってきて、目の前にあるのが自分たちの捜している家だと気がつくことはないだろう。けれども、あの家のすべての部屋を黒い涎《よだれ》のように覆っている深い沈黙のせいで、男たちの何人かは、自分たちがサビーナの遺体を収めた棺を運び出したのは、ひょっとすると目の前にあるこのドアではなかったのかと考え、それがすぐ確信に変わるだろう。当時、アイニェーリェ村には私のほかに誰も住んでおらず、サビーナの遺体を墓地まで運ぶのに人手が必要だったのだ。

ドアを手で押し開けると、錆びついたかんぬきがきしみ音を立て、その音が夜の均衡と深い静寂を破るだろう。ドアを開けた男はおびえたように後ずさりし、ひと塊になった男たちは凍りついたようにその場に立ち尽くし、黙ってその音が村中に響きわたるのを聞くだろう。一瞬、その反響が永遠に止まることなく響きつづけるのではないかと考えるだろう。その音で、アイニェーリェ村全体が長い眠りから目を覚まし、亡霊になった昔の住民たちがふたたびドアから姿を現すのではないかと不安に襲われるだろう。しかし、気の遠くなるほど長く感じられる何秒かが過ぎても、亡霊が今にも姿を現しそうなこの家では何一つ変わったことが起こらないだろう。沈黙と夜が再び村を包み、ランタンの灯は自分たちの前にいる追いつめられた獣を思わせる私の目の輝きをとらえることなく、もう一度ドアの方を照らすだろう。

しかし、男たちは私がそう遠くまで歩けないことを知っているだろう。細流の黒い呟きと建物の正面に覆いかぶさっているクルミの木がそのことを彼らに教えるだろう。窓の奥の完璧な夜の闇が彼らにそのことを教えるだろう。彼らは山道をたどってこの村にやってきたが、そんな彼らを見かけて私が家のいちばん奥まった、容易に近づけない片隅に鍵をかけて身をひそめているにちがいないと考えるだろう。いや、そう考えないかも知れない。逆に、自分を捜しに来た男たちが真っ先に捜すのはここだろうと考えて、山の中か、廃屋になったほかの家の暗闇の中に隠れていると疑うかも知れない。そして、今この瞬間に私が彼らの背後からそっと様子をうかがっていると考えるかも知れない。いずれにしても、自分たちが村にとどまっている限り、私が身を潜めている穴から出てこないと確信しているだろう。また、たとえ私を見つけ出したとしても、おそらく予想以上に激しく抵抗するだろうと考えているにちがいない。

しかし、他に道はないだろう。彼らがアイニェーリェ村へやってきたのは、私を捜し出すためなのだ。ここ、この家の前にたどり着く頃には、彼らの予測に反して夜が深まり、闇が敵にまわるだろう。一方ベルブーサ村の台所では、妻や子供たちがいらいらしながら彼らの帰りを待っているだろう。その時、中の一人がいつまでたっても埒が明かないのに我慢できなくなって、猟銃を握り締めると、ためらうことなくドアに近づくだろう。男がすぐそばから鍵に銃を向けると、別の男がランタンで照らすだろう。他のものにそばから離れろというジェスチャーをするだろう。しかし、間に合わないだろう。腹の底にずしんと響くような大きな銃声が響き渡り、男たちは硬直したように動きを止めるだろう。

彼らが我に返った時、銃声はすでに消えかけているだろう。鼻を刺す匂いが通りに充満し、もうもうとたちのぼる白煙が果樹園の木々の上に広がり、夜空に消えていくだろう。男たちは不安そうにゆっくりドアに近づいてゆくだろう。錠前は乾いた木っ端のように砕け散っていて、ドアを軽く押しただけで、廊下がランタンの前で大きな口を開けるだろう。彼らは息をあえがせ、今にも心臓が張り裂けそうになりながらも大急ぎで下の階の部屋をひとつひとつ改め、食料貯蔵庫やまだぬくもりの残っている人気のない台所、真っ暗な地下室を調べるだろう。それから後は、何もかもが目の回るような速度で過ぎ去っていくだろう。それから後のことは（そして、数時間後に、人に話して聞かせるためにあの時の出来事を思い出そうとした時も）、どうして最初に疑っていたことが確信に変わったのかを正確に理解することができないだろう。というのも、男たちの一人が階段を登りはじめたとたんに、私がずっと以前から彼らを待ち受けていたことに思い当たるだろう。突然説明のつかない寒気に襲われて、上の階に私がいると確信するだろう。黒い羽が壁にぶつかって私がそこにいると教えるだろう。だから、誰一人恐怖のあまり叫び声をあげないのだ。だから、誰も十字を切ったり、嫌悪を表すジェスチャーをしないのだ。ランタンの灯がそのドアの向こうの、ベッドの上に横たわっている私を照らし出すだろう。私はまだ服を着ており、苔《こけ》に覆われ、鳥に食い荒らされた姿で彼らを正面からじっと見つめるだろう。

そうだ。彼らは服を着たまま横たわっている私を見つけるだろう。私は彼らを真正面から見つめるだろう。粉挽《こなひ》き小屋に放置された機械の間にぶらさがっていたサビーナのように。ただ、サビーナの遺体を見つけたあの日、私のそばにいたのは、雌犬と川岸の木々にぶつかっている灰色の霧だけだった。

2

（それにしても、時間がもう尽きようとし、私の目に恐怖の色が浮かび、黄色い雨が光と愛する人たちの追憶を消し去っていく今みたいな時に、こういうことを思い出すというのも奇妙なことだ。けれども、サビーナの目だけは忘れることができない。彼女を空しくこの世につなぎ留めている結び目を断ち切ろうとした時、私の目を見つめていた氷のように冷たいあの目をどうして忘れることができるだろう。十二月のあの長い夜、私はアイニェーリェ村にたったひとり取り残されたが、これまでいちばん長くて寂しいあの夜のことをどうして忘れることができるだろう)。

二カ月前に、フリオ家の人たちが村を出て行った。ライ麦が熟れるのを待ち、羊やわずかばかりの古い家具と一緒にビエスカでライ麦を売りさばくと、十月のある朝、まだ暗いうちに雌馬の背にありったけの荷物を積み、山道を下って街道の方へ降りていった。あの夜も、私は粉挽き小屋まで走っていって、そこに身をひそめた。誰かが村を出て行く時はいつもそうしていた。別れの挨拶をするのがいやだったし、アイニェーリェ村の家が空き家になるといつも耐え切れないほど胸が苦しくなるが、そんな自分の顔を見られたくなかったのだ。粉挽き小屋の壊れた機械のひとつにでもなったように、暗がりに腰をおろし、彼らが低地につづく道をたどって遠ざかって行く音を聞いていた。村を出て行くのは彼らが最後になるだろう。フリオ家の人たちがいなくなれば、アイニェーリェ村に残っているのは私たちだけになる。だからあの夜は一晩中粉挽き小屋に身をひそめていた。だから、あの日の明け方フリオ家の人たちが私の家のドアをノックした時も、その音を聞いたのは妻のサビーナだけだった。けれども、彼女も下に降りていってドアを開けようとはしなかった。窓のところまでいって、別れの挨拶はもちろん見送ることもなかった。これまでのことを思い返し、心が千々に乱れて泣いていたのだ。彼女はドアをノックする音や遠ざかって行く雌馬の蹄《ひづめ》の音を聞くのが辛かったので、枕に顔を埋めていた。

あの年はいつになく秋が短かった。まだ十月だというのに、地平線と山々がひとつに溶け合い、数日するとフランスから風が吹きはじめた。サビーナと私は何日ものあいだ人気のない畑を吹き抜ける風が、果樹園の囲いや柵を押し倒し、まだ黄ばんでいないポプラの木の葉を情け容赦なく引きちぎって行く様子を馬小屋の窓から眺めた。私たちは何日ものあいだ夜になると火のそばに腰をおろし、屋根の上で狂犬のように吠えたてている風の音を聞いていた。招かざる客はいっこうに立ち去る気配を見せなかった。サビーナと私はアイニェーリェ村ではじめて二人きりの冬を迎えることになったが、思いがけず突然襲ってきたあの風はそんな私たちにつき合ってやろうとでも考えているようだった。

けれども、ある朝目を覚ますと、あたりは深い静寂に包まれていた。あの風もまた村を捨てて出て行ったのだ。私たちはこの部屋の窓から、強風が残していった爪痕を眺めた。スレートと木材はひき剥がされ、支柱は倒れ、木の枝は折れ、畝と種を蒔いた畑は荒れ果て、壁が壊れていた。今回の風はこれまでになく激しかった。谷のあたりはとくに強い風が吹いたのか、ポプラの木が何本も倒れたり、土を起こし、根をむき出しにして傾いていた。風は立ち去る前にもう一度家の建ち並んでいる村の中に集結した。手負いの獣のように身をよじり、荒れ狂ったが、そのせいで小鳥や木の葉が、凶暴で情け容赦ない戦闘に巻き込まれた罪のない犠牲者のように村中に散乱していた。木の葉は土塀のそばで渦巻状になって積もっていた。風に吹き飛ばされ、木々や家のガラスに叩きつけられた小鳥が木の葉の間に落ちていた。中には軒先や木の枝に引っかかったり、通りの真ん中で力なく羽をばたつかせている小鳥もいた。サビーナは午前中、雨傘の折れた骨で小鳥の死骸を拾い集めた。その後、ラウロ家の裏庭にそれを積み上げて燃やすことにした。雌犬と私ががっかりしたような顔をしている前で、サビーナは強風が通り過ぎる時に残していった置き土産に油を注いで火をつけた。

しばらくすると、死んだ月と枯葉の冷え冷えとした吐息とともに十一月が訪れてきた。日毎に日脚《ひあし》が短くなり、暖炉のそばで夜を過ごす時間が長くなるにつれて、深い倦怠感に襲われるようになった。そのせいで、心が荒み、石のように硬くなってなにごとにも無関心になり、ついには言葉が砂のようにぼろぼろ崩れ、思い出が大きな口をぱっくり開けた闇と沈黙の中に呑み込まれてゆくようになった。以前、フリオと彼の家族がまだこの村に住んでいた頃（それ以前の、トマスがまだ生きていて、たった一人で自分の古い家とガビンの思い出を懸命になって守っていた頃）、私たちは誰かの家の暖炉のそばに集まったものだった。屋根の上で吹雪が唸り声をあげている中、私たちはいろいろな話をしたり、亡くなった人のことや昔の出来事を話し合って、冬の夜長をやり過ごした。あの頃、火は友情や血よりも強い絆で私たちを結びつけていた。

けれども、今では火も言葉もサビーナと私の距離を大きくするだけだし、思い出も沈黙の中に呑み込まれて、遠ざかっていった。そうこうするうちに、雪が降りはじめたが、実を言うと雪はずっと以前から私たちの心の中に降り積もっていたのだ。

私たちがいちばん恐れていたのは、アイニェーリェ村に二人きりで取り残されることだったが、十二月のクリスマス・イヴの少し前に、それが現実のものとなった。その日、私は朝早くに猟銃をもってエスカルティンにある羊飼い用の小屋まで登っていった。家々の土塀の根元の、凍りついた土の下にジャガイモの根が埋めてあったが、それを食べにきたイノシシが果樹園を荒らしたのだ。朝早く目を覚ますと、土が掘り起こされて、黒い筋がついていたので、イノシシが夜の間にこっそりやってきたことが分かった。雌犬はイノシシの臭跡を見つけ出すのにひどく手間取った。まだ子犬だったので、木立のあいだから小鳥が飛び立つと、そちらに気を取られて臭跡を見失ってしまうのだ。加えて、雪の透明な手に触れられて氷のように冷たくなった微風が峠の方から吹き寄せ、それが山の匂いとそこにこめられたさまざまな伝言を消し去ってしまった。正午頃になると、夜にやってくる招かざる客を見つけ出すのはむずかしいように思えはじめた。その時、遠くの茂みのなかにイノシシの姿が見えた。イノシシはぬかるみの水をはね上げながらラ・ヨサの小川を渡ると、こちらに向かって山の斜面を登りはじめた。私はじっとしているように犬に合図すると、銃に弾をこめ、ナイフをもって塀の後ろに腹ばいになった。イノシシはまったく恐れる様子もなくこちらに向かってゆっくり坂道を登ってきた。昨夜たらふく食べてお腹が大きくなっていた上に、近隣の村の過疎化が進み、森や急な斜面から人影が消えて荒れ果てているので、もうおびえることはないと思っているのか、カシの木の間を安心しきった足取りで歩いていた。このあたりに住んでいるのは自分だけだ、つまり自分はこのあたりの支配者なのだと考えていたのだろう。散弾がそんなイノシシの右目を吹き飛ばした。そのショックで一メートルばかり飛び上がった後、苦痛と驚愕の唸り声を上げて地面を転げまわった。私はさらに腹部と喉のところに散弾を一発ずつ撃ち込み、その後そばによってナイフを深く突き立てて止めを刺し、激しい死の苦悶を終わらせてやった。

あの夜は遅くまで眠れなかった。強風が屋根と窓ガラスの向こうで吠え立て、雌犬は梁から逆さにぶら下がっている血まみれの黒い塊を、玄関の遠く離れたところから見張りながら吠えていた。その日の午後、エスカルティンの羊飼い用の小屋からこの家までロープをかけてイノシシを引きずってくると、同じロープでイノシシを梁から吊るした。以前から決まりきった毎日を送ってきたせいか、あの夜は昼間の出来事が静止し、凍りついた映像となって逐一頭に浮かび、それが何度も繰り返し現れてくるので寝つけなかった。

目が覚めた時は、まだ夜が明け切っていなかった。部屋の中は真っ暗だったが、窓枠のまわりに凍りついている雪が弱々しくきらめいていた。雪が大昔からの白い呪いのようにアイニェーリェ村に降りしきり、ふたたび部屋や通りを永遠に覆い尽くしはじめた。強風はおさまり、深い静寂が村を包んでいた。物音ひとつしない村はいかにも心細げに見えた。ふたたび眠気が襲ってきてしばらくの間うとうとしたが、その時幼い頃に見た雪が目の奥に蘇ってきた。目に映っている窓と村に降りしきっている雪までが思い出の中に溶け込んでゆくように思われた。その夜とこれまでの夜とが重なり合い、最初に感じた孤独感は消えて、今見えている光景と夢とが記憶に変わっていった。霧のようなものに包まれてそのまま眠り続けようとして寝返りをうった時、ふとベッドの上にサビーナの姿が見当たらないことに気づいた。

下の階の部屋から台所、物置、屋根裏部屋、地下室といったように家中を捜しまわったが、どこにもいなかった。玄関先を見ると、雌犬の姿もなかった。梁から吊るしたイノシシの黒い影から滴り落ちた血が溜まって、純白の雪を汚していた。戸口のところで消えそうになっている足跡が見つかった。家々の壁に貼り付くようにしてゆっくり足跡をたどっていった。その間、雪が目に入ってはじけ、目の奥で夜がどんどんふくれあがって行くような言いようのない恐怖に襲われた。足跡はファン・フランシスコの家までまっすぐつづき、そこの納屋のところで急に折れ曲がって遠くに見える教会の崩れた壁の間に消えていた。私は通りの端で立ち止まり、震えながら自分を包み込んでいる広漠とした孤独感をたたえた夜の闇を眺めた。しばらくのあいだ耳を澄ました。息をするたびに、あたりを覆っている氷の薄い板のような沈黙がぱりぱり音を立てて割れて行くように感じられたが、耳に入ってくるのはその音だけだった。私は上着の中で身を縮め、雪の冷気から身を守るようにしてサビーナの足跡を追った。どんな小さな物音も聞き逃さないように気を張り詰め、一足毎に立ち止まっては夜の闇の中をのぞきこみながら村中を歩き回った。廃校になった学校とガビンの古い納屋を通り過ぎたあたりから、足跡はくっきりした鮮明なものになって行き、ひょっとすると彼女が近くにいるかもしれないという思いが確信に近い予感に変わった。とうとう突き当たりの、ベルブーサ村に通じる小道に入って行く彼女の姿が見えた。その時の彼女の様子を決して忘れることはできないだろう。雪と沈黙、荒廃と崩れた家々に囲まれて、サビーナは村の中を亡霊、あるいはこの世ならぬ風のようにさまよい歩き、その後ろに雌犬がおとなしくつき従っていたのだ。

以後、毎晩同じことがくり返された。山間がまだ夜の闇に閉ざされている明け方の五時か六時になると、サビーナはベッドから起き出し、音を立てずにそっと部屋から抜け出すと、雌犬をつれてアイニェーリェ村に朝の光が射すまで、雪の降り積もった人気のない通りをさまよい歩いた。私が眠ったふりをしていると、彼女はそっとベッドから抜け出す。窓越しに彼女の姿が通りの突き当たりに消えるのを眺めた。やがて彼女は家に戻ってきて、眠れもしないのに震えながらベッドにもぐり込んだ。サビーナの悲しみの原因がつかめずあれこれ考えたせいで、朝起きるとひどく疲れていたが、彼女の方は先に起きて、台所の火のそばに座っていた。タバコを吸ったせいで息が乱れ、虚ろな目で遠くの方をぼんやり眺めていた。

日が経つにつれて（とりわけ、渦を巻いて降りしきる凍った雪とどんより曇った空が、いつ終わるともなく私たちの生活のなかに入り込んでくるようになって以来）、サビーナは徐々にひどい無力感に襲われるようになり、まったく口をきかなくなった。私がいるのも気づかない様子で、何時間も暖炉のそばに座ったり、小窓越しに人気のない通りをぼんやり眺めるようになった。暖炉のちろちろ燃える火の照り返しを受けている彼女の目を盗み見たが、氷のように冷たく虚ろな目をしていた。彼女を救うことはもちろん、彼女を包み込み、さらにこの家と私までも呑み込んでいく沈黙の厚い網目を断ち切ることはできなかった。突然言葉がすべての意味と機能を失い、ランプから立ちのぼる煙が私たちの間に乗り越えようのないカーテンを作り上げ、そのせいでお互いの顔を見分けることもできなくなったように思われた。雪のせいで外に出られないので、私は暖炉のそばに彼女と向き合う形で腰をおろした。夜になると、胸が苦しくなり、人恋しくなって寝つけないせいか、そうして座っていると頭がぼんやりしてものが考えられず、眠気が襲ってきた。時には、ハリエニシダと私の記憶が燃え尽きてできた森のような白い灰をぼんやり何時間も眺めていることもあった。しかし、沈黙の重みに耐え切れなくなると、時折台所から飛び出して、人間らしい温もりと目を求めて玄関にいる雌犬のところへ行くこともあった。

死んだ月の夜、サビーナはいつもより早い時間にベッドから起きだした。時間は夜明けからほど遠い真夜中の一時半で、ベッドに入って一時間も経っていなかった。暗がりの中で横になっていたが、眠ろうとすればするほど眠れず、仕方なく寝たふりをしていた。その時急にシーツの間に冷気が忍び込んできた。その後なれた手つきで服を着る衣擦《きぬず》れの音と、しのび足で階段を下りていく足音が聞こえてきた。ついで、玄関にいた雌犬が足音にびっくりして飛び上がる音と、サビーナが家を出て行く時の、ドアの蝶番がきしむ音が聞こえた。しかし、その夜私は後を追わなかった。それどころか、ベッドから起き上がって、遠ざかっていく彼女の姿を窓越しに見ようともしなかった。その夜、説明のつかない寒気に襲われて心臓が止まったようになり、毛布の重みで身体を動かすこともできなかった。一方で、闇と不安に満ちた静寂が家をふたたび包み込んだ。何時間も横になり、遠くから聞こえてくる静寂と雪のもたらす微かな呟きに耳を傾けた。明け方になると、待ちくたびれたせいで眠気に襲われ、身体がふわっと軽くなって果てしない悪夢の混沌とした世界に引き込まれていった。夢の中のアイニエーリエ村に雪が小止みなく降りしきり、屋根や通りを覆いつくし、家のドアや窓を破って部屋の中まで入りこんできた。雪はさらに壁まで覆って行き、私が寝ているベッドを埋め尽くそうとしたが、私は得体の知れない力で身体を縛りつけられてでもいるように身動きがとれず、いくらあがいてもその果てしない悪夢から逃れることができなかった。

目が覚めると、夜が明けていた。溶けかけた氷、あるいは私の悪夢の名残のように思われる窓ガラスに射す冷たい光を見て、私は一瞬雪が家の中に入り込んで、自分が雪の下に埋もれているような錯覚に襲われた。服を着ながら窓越しに通りを眺めた。雪はすでにやんでいたが、濃い霧が木々や近くの家の屋根を覆っていたので、不安に襲われた。深く濃密な霧の中に、この家の煙突から立ちのぼる煙が今日も一日溶け込んで行くように思われた。しかし、台所に行くと、かまどの火は消えたままで、サビーナの姿が見当たらなかった。雌犬はいるだろうかと思って玄関先をのぞいてみると、犬もいなかった。朝の光が私の五感を激しくうち叩き、私の手の中でこの家のなんともいえない心細さがはじけでもしたように、突然不安な思いが心をよぎり、ふたたび沈黙が悪夢に、夜に見た夢が予感に変わっていった。

通りでは霧が家々の壁にまつわりつき、地中の水分が凍ってできた霜が新しい足跡を消し去っていた。深い静寂が村全体を包み込み、その薄汚れた長い舌で暗い家の、忘却の錆と歳月が積み上げたほこりを嘗めまわしていた。私は音を立てないよう後ろ手でドアを閉めた。ズボンのポケットにいつもしのばせてあるナイフを手で確かめた後、遠くに人がいても気取られないよう心を静め、呼吸を整え、サビーナが毎晩さまよっている人気のない道に踏み出した。雪に足を取られながらも、五感を頼りに雪の中をゆっくり進み、村の中を丁寧に見てまわったが、足跡は見つからなかった。一軒一軒の家の玄関や街角、土塀の向こうをのぞいてみた。アイニェーリェ村の通りと家を残らず見てまわったが、手がかりらしいものは何ひとつなかった。彼女は雪と静寂の下に埋もれてしまったのだろうか。あの痩せ細った身体が永遠に雪に埋もれてしまったように思われた。最後の廃墟と化した教会の中を見てまわった後、家に帰ろうとして、ふとまだ調べていないところが一箇所あったのを思い出した。

道の、ずっと先のほうに寝そべっている雌犬の姿が見えたが、まるで霧の中の影のように思えた。葉を落としたポプラの木の下の、雪の上で丸くなっているその姿は荒れ狂う激流に呑み込まれて溺れ死に、そこにうち捨てられているように思われた。小さな橋を渡り、小声で犬を呼びながら急ぎ足で近づいて行った。いつもならこちらに駆け寄ってくるのに、あの時は起き上がると、私をじっと見つめたまま粉挽き小屋の入り口の方へゆっくり後ずさりしはじめた。私をどこかに案内しようとしているのか、逆に行く手を遮ろうとしているのか分からなかった。しかし、その目を見て――最初に見かけた時から、妙に私を威嚇するように身構えていた（その姿は、夜の闇と雪に閉ざされた中で、おびえたようにイノシシを見張っていたあの時のことを思い起こさせた）ので――犬の背後、粉挽き小屋の向こうで私を待ち受けているものが何かすぐに分かった。私は何も考えずに戸口に駆け寄ると、足で戸を蹴破った。そこにサビーナがいた。目をかっと見開き、首が折れ曲がったような格好で機械の間に袋のようにぶら下がって、ゆらゆら揺れていた。彼女の首にかかったロープはこの前玄関のところにイノシシを吊るすのに使ったものだった。

それだけを彼女の思い出の品としてとっておいて、今も腰に巻きつけている。いずれ彼らが私を捜しにくるだろうが、その時残りの衣服と一緒に墓に埋めてくれるようにと願っている。肖像画や手紙、写真といったものはずっと以前から墓地で私を待っている。

3

私は妻を見つけて動転し、あわてて下に降ろしたが、彼女の首を締めつけていたあの忌まわしいロープをどうやってはずしたのかまったく覚えていない。粉挽き小屋を出ると、死体を引きずりながら雪道を歩いて戻った。その時、ロープがまだ首に巻きついていることに気づいたが、どうしていいかわからなかった。サビーナの死体を家まで引きずって行くだけでも大変なのに、ロープがどこかにひっかかりでもしたら大事だと考えたのだろう、いつの間にかそれを解いて自分の腰に巻きつけていた。

何日ものあいだロープのことを忘れていた。雪道を何時間も狂ったように歩いてベルブーサ村まで行き、村人たちに事件のことを伝えた。その夜、村人たちがやってきて、黙りこくったままいつ終わるともしれないお通夜に参加し、翌朝肌を刺すほど冷たい光の中でサビーナを埋葬した。それやこれやでばたばたしていた上に、彼らが帰ってしまうと、家のなかが急に気味が悪いほど静かになったので、私はどうしようもない無力感に襲われて、抜け出せなくなった。昼も夜も暖炉のそばに腰を降ろし、食事をすることも眠ることも忘れ、時々玄関のところにぼろ屑のように寝転がっている雌犬を窓越しに眺める以外、立ち上がることもなかった。ロープが自分の腰にごわごわした帯か呪詛《じゅそ》のように巻きついていることにも気がつかなかった。

今もそうだが、あの時もロープが腰に巻きついているのに気づいてひどく動揺した。かさかさに乾いた古いエスパルトが突然肌に刺さり、血管の中を走って、やけどのように記憶を引き裂く。時々人は、自分はもうすべてを忘れた、貪欲な錆と歳月のほこりの手にすべてをゆだねた。以前のことは跡形もなく失われたと考えることがある。しかし、ある物音を聞いたり、何かの匂いを嗅いだり、思ってもみないものが突然手に触れたりすると、時間が一気に溢れ出して、情け容赦なくわれわれに襲いかかり、稲妻のような激しい閃光で忘れたはずの記憶を照らし出す。あの夜、記憶は生々しかった。というか、まだ記憶にもなっていなかった。あの光景が目に焼きついていて、それが次から次へと果てしなく展開していった。私は真っ暗な部屋の、ベッドのそばにいたが、疲労感と眠気で頭がかすんだようになっていた。何日も前から、夜シーツにもぐり込むと、底知れない孤独が私を待ち受けるようになっていた。その孤独に立ち向かおうと決心していたのか、どうとでもなれと開き直っていたのか、今となっては分からない。あれは服を脱ごうとしていた時のことだ。突然手が奇妙なものに触れた。ごわごわしたロープに手が触れたとたん、全身に悪寒が走り、ベッドのそばで呆然と立ち尽くした。

最初は暖炉に投げ入れようと考えた。台所まで降りて行ったが、火はすでに消え、熾き火が静かな夜の中で消えかけていた。ロープを燃やすには、もう一度火を起こさなければならないが、神経が立っている上にくたびれていたし、薪も切れていた。火を起こすには、納屋までいって薪をとってこなければならないが、それならいっそのことどこかに隠しておけばいいだろう、明日の朝になれば気持ちも落ち着き、頭もしっかりしているはずだから、暖炉に火を入れるのはその時でいい、暖炉に火を入れ、そばに座ってロープが少しずつ燃え尽きて灰の山になるのを見届けよう、と考えた。しかし、台所やほかの部屋をのぞいてみたが、適当な隠し場所が見つからなかった。ロープを通してサビーナの姿が夜の闇の中に蘇り、家の中を歩き回る自分の足音が響きわたった。それは、絶対に見つかるはずのない場所に人を殺した武器を隠そうとしている殺人者の足音を思わせた。サビーナのイメージと自分の足音のせいで、とても眠れそうにない、ロープの切れ端が家にあるかぎり、ベッドで横になることもできないと考えた。ロープが手の中で燃えてでもいるように、私は苛立ち、興奮していた。思い切って外に出ると、雪に閉ざされた夜の闇に向かって力いっぱいロープを放り投げた。家からできるだけ遠くへ投げ捨てたかったのだ。

私は何時間も、十五時間、いや、たぶん二十時間は眠っただろう。ひょっとすると、それ以上かもしれない。おそらく何日も眠り続けたのだろう。それらの日々のことは思い出すことも、取り戻すこともできない。最初に見た時、夜明けの震える光だと思ったが、あれは次の日ではなく、二、三日あとに目にした光だったのだろう。私には分からない。それを確かめてみようとは思わなかったし、今となってはどうでもいいことだ。ともかく、私は長い時間いつ終わるともしれない泥のような深い眠りの中にいた。そして、目が覚めた時、ふたたび日が暮れようとしていた。

雌犬は玄関脇に寝転がったままじっとしていた。最後に見かけた時と同じ格好で寝そべっていた。降り積もった雪が裏庭の土塀と納屋の窓枠の下の桟《さん》を越えそうになっていた。雌犬は凍りついた雪を前に薄暗がりの中に寝そべっていたが、私が階段を降りて行く音が聞こえたはずなのに、頭を持ち上げてこちらを見ようともしなかった。たぶん腹をすかせているにちがいない。私と同様、数日間何も食べていないはずだ。食べるものはないかと思って家中を捜しまわり、ようやく櫃《ひつ》の中に寒さでかちかちに固まったパンの残りを見つけた。それを目の前に投げてやったが、雌犬はばかにしたようにこちらをちらっと見たきり、立ち上がろうともしなかった。その後ゆっくり首をめぐらせ、私をじっと見つめたが、光を失ったその冷たい目、人を困惑させるような無表情なその目は不眠に悩まされ、雪に焼かれて真っ赤になっていた数日前のサビーナの目にそっくりだった。

アイニェーリェ村はふたたび夜の闇に閉ざされた。長く深い眠りから覚めた時に、次の日の夜明けの光と勘違いしたあの光は、冬になるといつも地平線や山々を消し去って行く黄ばんだ黄昏時の光だった。ひどく寒かった。私はスコップをつかむと、雪を掻いて納屋まで細い道を作った。眠っているあいだに、また雪が降り、雪の上に雪が積もり、氷の上に氷が張っていた。裏庭は腰まで届くほど積もった硬くて厚い雪にすっぽり覆われていた。納屋の戸を開け、暖炉で燃やす薪を取り出すために、戸口の前でしばらく雪を掻かなければならなかった。その後、玄関のところに戻ると、雌犬を台所に入れてやり、火のそばでふたたび夜をやり過ごすことにした。火をつけると、薪から炎がちろちろ舌を出し、快い波のような温もりが部屋全体にゆっくり広がって行った。その時ふと、昨夜通りの真ん中に投げ捨てたロープのことを思い出した。

私は雌犬を呼び、ランタンをもって外に出た。外では荒々しい風が屋根を叩き、木の枝を乱暴に揺すっていた。夜の闇を吸い込んだ空は真っ暗だったが、強い光が私のまわりに広がる通りと村を照らし出した。雪の上に踏み出したが、ブーツの下の雪は崩れなかった。凍りついていたのだ。雌犬は雪に足をとられながら、昨夜どのあたりにロープを投げたか思い出しながら歩いている私についてきた。雌犬が私の捜しているものを知っていたかどうかは分からない。けれども、果樹園の入り口から堰堤に通じる水路まで、ベスコース家の古い垣根から教会の角まで、村の上のほうを残らず歩き回ったが、雌犬はそんな私のそばを離れずについてきた。しかし、すべて徒労だった。この前降った雪がロープを完全に覆い隠してしまったのだろう。眠っている時、あのロープを通してサビーナのイメージが蘇ってきて、ふたたび身の毛のよだつような恐怖を味わった。ランタンが一、二度凍りついた路面を嘗《な》めるように照らし出したが、よじれた形をした捜しものは見つからなかった。私はスコップを取りに戻り、通りの雪を掻いたが、何も見つからなかった。台所に戻った時は、手が寒さで真っ赤になり、息をするのも苦しいほど寒く、疲れて汗まみれになっていた。ロープはおそらくこの先長いあいだ見つからないだろう、と考えた。

間もなくあの出来事を忘れてしまった。雪の中を空しく捜しまわった後、犬と私は火のそばに戻った。そして、うとうとまどろんだ。暖炉の煙と眠気があのロープの辛い思い出を私の脳裏から徐々に消し去っていった。ロープは今ごろ通りの真ん中の、厚い氷と沈黙の下に埋もれているにちがいない、そう思えば多少とも気が楽になるだろうと考えた。あの時はまだ、自分に忍び寄っている脅威に気づいていなかったが、その脅威が夜に私の心をふたたび深淵につき落とすことになった。

サビーナが写っている古い写真を見たのがきっかけになった。ずっと以前からその写真は台所の壁の、ベンチの真上にかかっていた。彼女はいつもそのベンチの端に腰をおろしていたが、主のいなくなった今、私の前にあるベンチは、いかにも心細げに見える。黄ばんだ古い写真には、安物の黒い服を身に着け、リネンのショールを肩にかけ、その日のためにどこかから取り出してきた結婚式の時のイヤリングと指輪をつけて盛装しているサビーナが写っていた。それはカミーロを見送るために駅まで下りていった時に、ウエスカの写真屋に撮ってもらったものだった。その写真を木のフレームに入れて壁から吊るしたのは私だった。あれは二十三年前のことで、以来ずっとそこにかかっていた。しかし、どんなものでも毎日見ていると、目が慣れて気づかなくなり、いつの間にか思い出に変わってしまう。だから、あの夜壁にかかっている黄ばんだ肖像写真の中からこちらをじっと見つめているサビーナに気づいて、はじめて彼女に出会ったように思ったのだ。

私はぎくりとして目を逸らすと、火の方を向いた。木の幹がくるしそうにぱちぱち音を立てており、そばでは犬がすやすや眠っていた。私が見つめ、何の飾りもないほこりまみれの壁から写真の妻が見つめているというのに、犬はそ知らぬ顔でぐっすり眠っていた。一見したところ、それまでの夜と何も変わらなかった。台所はいつもの見慣れた場所で、何ひとつ変わったところはなかった。しかし、座る人もいないベンチの背もたれの上から、炎の照り返しを受けたサビーナの目が私をじっと見つめ、まだあの古びた写真の中で生き続けているかのように私の目を執拗《しつよう》に追ってきた。

夜が更けてゆくにつれて、写真に写ったサビーナのことが気にかかり、頭から離れなくなった。私は渦を巻いている炎に目を凝らした。目を閉じて眠ろうとした。けれども、何をしてもむだだった。サビーナの黄色い目がじっと私を見つめていた。彼女のかつての孤独が湿気のしみのように壁全体に広がっていた。数時間前まで心安らかに眠れると思っていたのだが、目の前に古い肖像写真があるかぎり、とても眠れそうになかった。

犬はびっくりして目を覚ますと、いぶかしそうに私を見つめた。ベンチのそばに立った私は苛立ち、困惑していたが、あのような状態にけりをつけようと心に決めた。生々しいロープの記憶が私を突き動かしていた。気が狂い、夜眠れなくなるのではないかと不安でならなかった。私は両手で肖像写真をつかむと、もう一度見つめた。なんともいえず悲しそうなほほえみを浮かべたサビーナの目は、まるで生きてでもいるように私を見つめていた。人気のない――いつまでたっても人がやってくることのない――駅のホームの、切ないまでに荒涼とした中にたたずむ彼女の寂しそうな姿が私の心に突き刺さった。誰も信じてくれないだろうが、それが炎に包まれて燃え尽きてゆく時に、紛れもない彼女の声が私の名を呼び、私を見つめている目が許しを乞うていた。

私は恐ろしくなって台所を飛び出した。後ろ手でドアを閉めると、闇の中に入っていった。とたんに言いようのない冷気が私を包み込んだ。沈黙と湿気に包まれた家の中は凍てつくように寒く、ひどく気味が悪かった。廊下の真ん中で私は足をとめた。薪が燃えるぱちぱちという音は聞こえなかったが、あの声が今度はすぐそばで聞こえた。恐ろしくなって私はあたりを見回した。漆黒の闇がまるで呪いのように私の瞳孔を包み込んだ。冷たい汗が顔をつたって流れ落ちた。乾いた銃声が聞こえ、私は立ちすくんだ。廊下の突き当たりの、忘れ去られた古いカレンダーのそばに私たち二人を写した古い写真があり、ベンチの右側に座っているサビーナがふたたび私をじっと見つめていた。私は即座にそれを引き剝がすと、自分の部屋まで階段をかけ上がった。もう一刻もぐずぐずしていられないと思った。

引き出し、櫃、トランク。二階の部屋と地下室、衣装ダンスと台所といったように、家中をかき回して調べた。写真、手紙、結婚式のイヤリングと指輪、さらに何着かの衣類や家族の思い出の品など、サビーナの持ち物を廊下の真ん中に少しずつ積み上げていった。家の中に彼女がいるように思えるものすべて、彼女の魂と影がまだ私にまつわりついているように思えるものすべてを積み上げた。下に降りてゆくと、乾いた風が家を揺らし、小止みなく窓とドアを叩いていた。

通りの真ん中までできたところで、私は足を止めた。夜は数時間前とまったく変わらなかったが、私はひどく苛立っていた。雪の中に立ち、冷たい大気をゆっくり吸い込んだ。雪明りの中で凍てつくような冷気に身を浸した。その後、呼吸と脈拍が徐々に正常に戻るのを待ち、起きた時に雪をかいて作った道をゆっくり、ゆっくり歩いて家から遠ざかり、ランタンで照らして果樹園のくぐり戸を捜した。その戸を開けるのは一仕事だった。雪にすっぽり覆われ、黒いかさぶたのような氷と湿気のせいでかんぬきがなかなか開かなかった。やっとのことで中に入った。古びた塀や荒れ果てた井戸、雪の中に凍りついた亡霊のように立っている木々を眺めた。壁ぎわの適当な場所を選んで、上に積もった雪をスコップでかきのけて地面を掘りはじめた。思った通り、霜と人手が入っていないせいで、地面はかちかちに凍っていた。スコップをふるっても敷石や太い木の根を相手にしているように、まったく歯が立たず跳ね返されるばかりだった。口にランタンをくわえたまま三十分ばかりスコップをふるいつづけ、流れた汗が顔の上で凍りつく頃になって、ようやくスーツケースが入るだけの広さと深さのある穴を掘ることができた。中にはサビーナの持ち物や思い出の品が詰まっていた。ブリキを貼った木製のスーツケースは私が兵役に就く時に、父親が作ってくれたもので、以来どこへゆくにも手放したことがなかった。それが今、彼女と一緒に地中に埋まり、二度と戻ってくることのない旅に出ることになったのだ。

東の空が白みはじめた頃に、家にたどりついた。朝もやの中で、冷たい光が鉛のように溶けはじめ、青ざめた光が台所と廊下の中を弱々しく照らしていた。家の中にふたたび安らぎと静けさが戻ってきた。暖炉の火もすっかり火勢がおとろえ、丸い形の黄色い熾き火になって、いつものように心地よさそうに眠っている雌犬をやさしく愛撫していた。台所に入った時、何気なく久しぶりにカレンダーに目をやったのを覚えている。私の記憶ちがいでなければ、明けようとしていたあの夜は一九六一年の最後の夜だった。

4

私の記憶ちがいでなければ。私の記憶ちがいでなければ、あれは一九六一年のことだ。しかし、記憶というのはあてにならない。今となっては、あれが本当に一九六一年の最後の夜だったと言い切る自信がない。父が作ってくれたブリキを貼った木製の古いトランクは果樹園のイラクサの下で本当にぼろぼろに腐っているのだろうか。あの中の写真と手紙は、サビーナがあの世へ旅立つ時にひとつ残らず持ち去ったのではないのだろうか。そうでないと言い切れるだろうか。すべては打ち捨てられ、虚ろになった時間を埋めようとして作り出した夢想、あるいは追憶でしかないのではないか。つまり、夢、空想でしかないのではないか。本当はこれまでずっと自分をだまし続けてきただけではないのだろうか。

今、月を背景にしてくっきり浮かび上がっているベスコース家の屋根が見えているが、夜はそれ以外のものすべてを、窓やベッドの支柱まで消し去っている。自分の肉体が存在していること、胸骨の下の肺が何となく痛むのが強迫観念のように感じられる。しかし、私の目は月を背景に浮かび上がっているベスコース家の屋根だけを見ている。しかし本当に見ているのだろうか。会ったことも見たこともない人や場所が夢の中に出てくるように、夢を見ているだけではないのだろうか。アイニェーリェ村のほかの家の屋根と同じように、その屋根も何年か前にすでに倒壊しているのに、昔のイメージが記憶に残っていて、見ているような気持ちになっているだけではないのだろうか。

ひとりで暮らしていると、いやでも自分自身と正面から向き合わざるを得ない。それがいやだったのと、過去の思い出を守りたかったので、まわりに厚い防壁を築くことにした。人間にとってもうひとりの人間ほど恐ろしいものはない——この両者が同一の人間である場合はとりわけそうである。荒廃と死に囲まれて生き延びる唯一の方法、孤独と狂気に陥るのではないかという不安に耐えうる唯一の可能性はそれしかなかった。子供の頃、父親がいろいろな話や昔の出来事を語ってくれたし、火のそばには祖父母や老人たちが座っていたが、あの頃のことは今でもよく覚えている。彼らは私が生まれるずっと以前から生きていたのだと思うと、辛くてやり切れない気持ちになった。誰も気づいていなかったが、私は眠り込んでしまうまで彼らの話に耳を傾け、その話を自分の記憶として受け入れた。あの頃私は部屋の隅にあるベンチに腰をかけていたが、そんな私に気づいたものはいなかったにちがいない。話に出てくる場所や人間のことを思い浮かべ、彼らがどういう顔立ちをしていたのかをあれこれ空想した。自分の欲望をイメージとして思い浮かべたり、思考に形を与えるように、彼らの思い出をもとに私は自分の記憶を作り上げた。サビーナが死んで、ひとりぼっちになった時も同じことをした。川が淀むように、急に人生の流れが止まってしまったのだ。今、私の目の前に広がっているのは、死に彩られた荒涼広漠とした風景と血も樹液も枯れてしまった人間と木々が立っている果てしない秋、忘却の黄色い雨だけだ。

それからは記憶が私の存在理由、生活の中の唯一の風景になった。時間は片隅に打ち捨てられて停止し、砂時計を逆さにしたようにそれまでとは逆方向に流れはじめた。長いあいだ自分の老いを認めまいとしてきたが、それを機に老いゆくことが恐ろしいと思わなくなった。台所の壁の隅にかかっている時を刻むことのない時計のことは二度と思い出すことはなかった。突然、時間と記憶が渾然とひとつに溶け合い、それ以外の家や村、空、山といったものはおぼろげな記憶に変わって、姿を消した。

それからは終焉が、長く果てしない別れがはじまることになるが、私にとってはそれが人生そのものになった。長年閉め切られていた窓が開いて、そこから射し込む陽光が闇を切り裂き、埃に埋もれ忘れ去られていた事物や情熱を浮かび上がらせるように、私の心の中に忍び込んだ孤独が記憶の隅々や窪みのひとつひとつを強い光で照らし出した。突然、フランスの方から風が吹き寄せてきて、通りの紙切れやアザミをひっさらい、ドアを激しく叩き、家々の玄関や部屋の中に荒々しく吹き込んでくるが、その風と同じように時間が沈黙の壁を揺さぶり、廃村の中の思い出や落ち葉をさらっていった。それはこれまでに夢見、経験してきたことすべてを最終的に掘り起こす作業であり、やがて自分と共に消えてゆく過去に向かって二度と戻ることのない旅に出ることにほかならなかった。ことばが生まれる時は、そのまわりに沈黙と混乱が生じるが、それと同じように記憶もまた自分のまわりに厚い霧の壁を作り出す。物憂い歳月が追憶の上に厚く変わりやすい霧の壁を広げ、記憶を徐々にこの世ならぬ奇妙な風景に変えてゆく。しばらくして、私は理解した。どのようなものも以前と同じではない、思い出といっても、しょせん思い出そのものの震える反映でしかないのだ、また、霧と荒廃の中に消え去った記憶を守ろうとするのは、結局は新たな裏切り行為でしかないのだということを。

それからは自分に背を向けて生きてきた。これまで、火のそばに座ったり、村の中を野良犬のようにうろついていたのは私ではなかった。毎晩このベッドに入り、明け方まで雨の音を聞きながら黙って横になっていたのは私ではなかった。これまで村をうろつき、火のそばに座っていたのは私の記憶だったのだ。毎晩このベッドに入り、雨の音と私の息づかいを聞きながら黙って横になっていたのは、私の影だった。私にとって最後の夜がついにやってきた。長い冬が終わって陽射しに暖められる大地のように、時間が終わり、私の記憶が完全に溶解してしまった。私はふたたび目を開け、周りを見まわす。胸骨の下の奥の奥で、とらえようのない痛みが感じられる。ベッドの横の窓からは灰色のおぼろげな夜明けの光が見え、遠くのベスコースの家の屋根は黄色い満月の光を受けて闇の中に浮かび上がっている。

るのだろう。

5

屋根と月。窓と風。私が死ねば、何が残るだろう。私が死に、ベルブーサ村の男たちが死体を発見して、私の目を永遠に閉じたら、彼らはいったい誰の目の中で生きつづけるのだろう。

残暑のせいで月が熱く焼けていなければ、今の月を大晦日のあの月と同じものだと思うだろう。月が私の目を焼かなければ、あれ以後の自分の人生は夢でしかなかったと考えるだろう。このシーツがもたらす苦しみ、あるいは最初のあの冬の果てしない狂熱的な白い夢。あの夜のように、雌犬の吠える声がふたたび狂熱的な白い夢を破って、雪解けがはじまったと告げるだろう。

窓と月があの時のように最初の記憶をよみがえらせ、明るく照らし出す。聖ヨセフの祝日の頃の、ある明け方だった。その夜、風は窓を叩き、雌犬は月に向かって吠え、寝ぼけながら私を呼んでいた。しかし、しばらく前から冬が死にかけている気配が感じとれた。森の中では、種子が身を震わせていた。大地がもたらす暗い湿気が通りや果樹園に少しずつ広がっていった。雌犬はあれ以来ずっと凍てつくように寒い玄関の片隅に寝転がっていたが、甘く切ない思いに耐え切れなくなったのか、目を開けた。私はあの日も一日空しく火のそばで過ごした後、ベッドのある部屋まで上がっていった。忘れてしまった遠い春のことを思い出してなかなか寝つけなかったのはそのせいだろう。あの夜、雌犬の吠える声に起こされたが、その時に冬は終わり、これからは安らかな眠りにつけなくなるだろうと考えたのも、やはりそのせいだろう。

今と同じように私はベッドに静かに横になって、長いあいだじっとしていた。夜は冷たく透明な月にかすかに照らされ、氷の下で安らかに眠っていた。雌犬の押し殺したような吠え声を別にすれば、あの夜もそれまでの夜と変わったところがないように思われた。村は静寂に包まれ、窓は半開きになり、霜がついて曇っている窓ガラスの向こうにベスコース家の屋根がぼんやり見えている。私のまわりはこれまでとまったく変わりなかった。しかし、夜明けが近づき、白く複雑な模様を描き出している霜のあいだで、月の光が煙のように溶けはじめるにつれて、暗く判然としないざわめきが家と村全体を覆いはじめた。最初は地中のかすかな音でしかなかった。やがて、それが氷の下で水に生まれ変わり、熱っぽい流れとなり、屋根と通りをゆっくり流れはじめた。長いあいだあたりを包んでいた夜が終わり、それまで凍りついていた太陽が投げかける最初の光が山の稜線を越えて、窓を血の色に染め上げると、とたんに最初のざわめきが突然暗く激しい奔流に変わった。それは川だった。唸り声をあげて溢れ出した雪解けの水がアイニェーリェ村につづく道と崖を覆い尽くした。それは水であり、冬の死であった。何カ月ものあいだ氷に埋め尽くされていた土地に、ようやく太陽と生命がよみがえってきたのだ。

あの瞬間を決して忘れることはないだろう。私は長いあいだ春の到来を待ち望んでいた。ぞっとするほど恐ろしい冬のあいだ、その訪れを思い描き、待ち受けていた。ところが、実際に春が訪れてくると、夢を見ているようで信じられなかった。あの時は、台所を歩きまわっているサビーナの足音や戸口でベスコースとしゃべっている父の声がはっきり聞こえてきた。しかし、空耳だった。あれは夢ではなかった。私が耳にした水の音はたしかに外を流れる水の音だった。陽射しを浴びて曇っている窓ガラスはまだ血の色に染まっており、私は今と同じように、昨年と同じように目覚めていた。あの時も幼い頃と同じ氷と沈黙がまだこの部屋の窓をすっぽり包み、屋根から下がったつららが鋼鉄でできているように思えた。あれから長い時間が流れたが、その長い時間と鋼が私の骨に刻みつけられた。しかし、透明なガラスのような私の目に焼きついているイメージもある。目が鏡になって風景を映し出し、視線だけがその風景を投影する、そういう最初の知覚がそのまま残っているイメージもあるのだ。

今思い返してみると、当時は春の訪れを物憂い気分で待ちのぞんでいたはずだが、あの日はとてもそんな気持ちになれなかった。長いあいだ雪に閉ざされ、うんざりしていたが、そんな中で、ようやくあの日にそれまでとは違う夜明けが訪れてきた。数日前から雌犬の目には妙に戸惑ったような表情が浮かんでいたが、服を着ている時に私も同じような戸惑いを覚えた。起きるとまず暖炉に火を入れるのが日課になっていたが、あの日はそんな気持ちにならなかった。戸口や通りは凍てつくように寒かったし、長靴と心の中には徐々に水が入り込んできた。私はそんなことにお構いなく午前中、難破船の残骸のあいだを歩き回る遭難者のように村の中をうろつきまわった。その後、昨日の夕食の残りを犬と分かちあって食べ、その時のために苦労して大切にしまってあった葉巻に火をつけた——煙草は二週間前から切れていた。そして、廊下に腰をおろし、太陽が冬を追い払ってゆく様子を眺めた。

雪は三、四日で完全に溶けた。その後、雪解け水が村に近い傾斜地の最後に残った側溝を破壊し、通りを泥水で覆い尽くした。それと同時に、家々がその切断された手足や骨をむき出しにしはじめた。あたり一面が雪に覆われている時は、昔のアイニェーリェ村と変わりないように思えたが、陽射しが以前の亀裂や荒廃ぶりだけでなく、この冬が無残にも破壊した家々を白日の下にさらけ出した。風に屋根を吹き飛ばされたり、壁に大きな亀裂が入っている家もあれば、ファン・フランシスコの家やアシンとサンティアーゴの馬小屋のように、ずっと以前から打ち捨てられたままになっていたせいで、倒壊している古い建物もあった。石積みは崩れ、材木は雪のもたらす湿気のせいで腐っていて、それらが地面の上で山のように積み重なっていた。私は以前住んでいた人たちのことを思い返しながら、そうした建物のあいだを歩きまわり、キイチゴの茂みに覆われた玄関から家の中に入り、荒れ果てた台所や部屋の中を見てまわったが、その姿はおそらく兵隊が全員脱走したか、死体に変わってしまった塹壕《ざんごう》にひとり戻ってきた狂った将軍を思わせたにちがいない。

ある朝、太陽が泥に埋もれていたサビーナの亡霊まで蘇らせた。雌犬と私は雪の上にいろいろな罠を仕掛けて山から戻ってきた（バラーチャスの崖のところに、狼に食い荒らされた二頭の犬の死骸と、雌山羊の腐敗した残骸が転がっていた）。家のそばまで来ると、突然雌犬が足を止めて、通りの真ん中で硬直したように動かなくなった。雪で埋もれた柵のあいだに毒蛇の臭跡を嗅ぎつけでもしたようにおびえ、不安そうに吠え立てはじめた。私はそのことをほとんど忘れていた。あの夜、狂気がはじめてその黄色い幼虫を私の心の中に生みつけた、いつ終わるとも知れないあの夜以降、暖炉と家にようやく安らぎが戻り、ロープがもたらす恐怖が少しずつ遠のき、消えはじめていた。それが今になってよみがえってきた。ロープの先端が柵の根元から木の根のように顔をのぞかせていたのだ。しかし奇妙なことに、それを見たからといって、あの夜のように胸が締めつけられるような悲しみや恐怖に襲われることはなかった。私はそのロープを冬が残していった残骸のひとつと見なした。それを雪できれいに洗ったが、言いようのない不安や恐怖を覚えなかった。以前はロープのごわごわした感触で地獄の底に落とされたように感じたが、そのことも忘れて服でロープの湿気を拭い去った。家に帰ると、改めてロープを腰に巻いたが、まるであの時の時間が戻ってきたように、まったく意識せずにそうした。ロープは肉体を失ったサビーナの魂なのだから、もう二度と身体から離すことはないだろうと考えた。

次の日の朝早く、妻の形見のロープを腰に巻いてビエスカまで降りていった。アイニエーリェ村を出た時、あたりは真っ暗だった。道はぬかるんでいたし、毛皮はずっしりと重かったので、歩くのに難渋した。その毛皮をパリャルスの店にもっていって、タバコと播種用の種と交換してもらうつもりだった。その後、春に家畜番の仕事をさせてもらうためにベスコースの家に立ち寄ろうと考えていた。山に雪が残っていたのを覚えている。サンタ・オロシアの沼は凍てついていたし、エラータ峠からはかすかにラヴェンダーの香りがする冷たい風が吹きつけてきた。しかし、ベルブーサ村のそばを通る時は、迂回した。この四カ月間誰とも口をきいていなかった。誰かと口をきくようなことになるかもしれないが、できれば避けたかった。私は沈黙に慣れきっていた。長いあいだ、何カ月ものあいだ、雪の中でたったひとりで暮らしてきたせいで、家々から立ちのぼる煙や通りを歩いている人の姿を間近に見たとたんに――しばらく前に夜が明けていた――、恐怖と不安を覚えた。村に入る手前で、道から逸れ、カイセン病みの犬のように果樹園のあいだを抜けて村から遠ざかった。ひとりで歩きながら私は、以前アイニェーリェ村の人たちが、猛威をふるった厳しい冬を生き延びた喜びを嚙みしめながら、通りの真ん中を一団になって歌をうたいながら歩いていた頃のことを懐かしく思い出した。

けれども、今では私があの村に残された最後の人間になってしまった。ビエスカの通りを歩いていると、道行く人が怪訝そうに私の方を見ていた。サビーナが亡くなったと聞いて、おそらくびっくりしただろうし、あの最後の冬に私も彼女のもとへ旅立ったにちがいないと考えているものもいたにちがいない。私は誰とも口をきかなかった。お金毛皮をパリャルスの店にもって行き、それと引換えにタバコと種を受け取った。お金が少し余ったので、それで油を少しばかり買ったのを覚えている。その後、いつものようにカフェに立ち寄らず、ベスコースの家に向かった。一刻も早くアイニェーリェ村に帰りたかったのだ。

あの冬には、老人も亡くなっていた。サビーナと同じように、それ以上生きられなかったのだ。娘さんは涙を拭きながら、そう言うと、何カ月か前に届いていた私宛の手紙を戸棚から取り出してきた。今、私の目の前で月明かりを受けてくっきり浮かび上がっている屋根の下の玄関先に、故人となったベスコースはいつも座っていたが、あの頃のことは今でもはっきり覚えている。アイニェーリェ村を捨てて出ていった最初の一人が彼だった。九人の子沢山だったが、家族を養ってゆくには畑が小さすぎた。市民戦争が終わると、ビエスカに出て水力発電所で働くようになった。春になると、ベスコース家の羊がアイニェーリェ峠まで登ってくるが、私はその世話をさせてもらっていた。千ペセータと生まれてきた子羊を折半するというのが、彼とのあいだで取り交わした最後の契約だった。しかし、その彼もいなくなり、子供たちは羊を売り払ってしまった。ビエスカでは何もすることがなかった。手紙を受け取ると、何も言わずに身振りで娘さんに別れを告げたが、これでもう二度と彼女と会うことはないだろうと考えた。

町から遠く離れ、アイニェーリェ村の見えるサンタ・オロシアの沼まで来た時に手紙を開いた。山道には心地よい風が吹いていた。長い時間をかけて手紙を読み終えたのを覚えている。それは長年便りを寄越さなかったアンドレスからの最初の手紙だった。

おそらく、彼が村を出て行ってから書いた最初の手紙にちがいなかった。私は彼のことをほとんど覚えていなかった。文面からすると、アンドレスはすでに結婚していて、数年前からドイツで暮らしているようだった。手紙に添えて、妻と二人の子供と一緒に海岸で撮った写真が同封してあったが、その裏には「母さんへ」と書いてあった。

6

もちろん返事は出さなかった。何と書いていいか分からなかったのだ。母さんは死んだ、私は今、忘却と廃墟の中をたったひとり亡霊のようにさまよっている、とでも書けばいいのだろうか。それとも、両親の名前、それにお前が生まれた村の名前を永遠に忘れるようにとでも言えばいいのだろうか。

息子も分かっていたにちがいない。長いあいだ、本当に長いあいだ便りひとつ寄越さなかった。それが突然、返事がくるはずのない手紙を書いてきたのだから、察しはついていたのだろう。時間はいつもさまざまな傷を消し去る。時間は執拗に降りつづく黄色い雨であり、それが燃えさかる火を少しずつ消し去って行く。けれども、記憶の裂け目とでも言うべき焚火が地中にあり、乾ききったその焚火は地下深くで燃えていて、死が奔流のように押し寄せてきても、消えることはない。人はその記憶の火と共存しようとつとめ、その上に沈黙と錆を山のように高く積み上げる。しかし、すべてを忘れたと思った頃に、一通の手紙、一枚の写真が届くと、それだけで忘却の薄い氷は粉々に砕け散るのだ。

アンドレスが村を出て行った時、母親はまるで息子が死んでしまったかのように泣き崩れた。サラの時と同じように泣きに泣いた。息子のことを思って泣き、その帰りを待ちつづけた。カミーロの帰りを待つように死ぬまで待ちつづけた。それにひきかえ私は、あの子が村を出て行く日、ベッドから起き上がって別れの挨拶もしなかった。

あれは四九年二月の凍てつくように寒い灰色の一日だったが、サビーナも私もあの日のことをいつまでも忘れることはなかった。アンドレスから話を聞いたのは前日の朝だった。実を言うと、前の年にも何度かその話を持ち出したことがあった。けれどもあの日の朝、息子の目と声にそれまでにない悲しみがたたえられていたので、私たちは、ああ、いよいよ出て行く決心をしたんだなと考えた。話を聞いても、サビーナと私は返事をしなかった。サビーナはどこかの部屋に隠れて泣いていたし、私は何も聞いていないかのように、息子のほうを見ずに火のそばに座ったまま身じろぎもしなかった。息子は私が何を考えているのか知っていた。はじめて話を聞いた時に、私ははっきりこう言った。お前がこのアイニェーリェ村を出てゆくようなことがあれば、おじいさんが苦労して建てたこの家と私たちを見捨てるようなことがあれば、二度とこの家の敷居はまたがせないし、親子の縁も切る、と。

サビーナと私はあの夜一睡もしなかった。決して忘れることのできないあの夜、サビーナと私は窓ガラスに打ちつける物悲しい雨音を聞き、夜明けまで何時間あるかと考えながら黙りこくったまままんじりともしなかった。サビーナは夜明け前に起き出すと、かまどに火を入れ、アンドレスのために朝食を作った（夜、アンドレスと私が向かい合って座り、一言も口をきかず、顔も見ずに夕食をとっているあいだ、サビーナは息子のスーツケースに荷物をつめ、弁当を作っていた）。私は薄暗い部屋のベッドに横になったまま、窓ガラスに打ちつける雨音と台所を歩き回っているサビーナの足音を聞いていた。まもなく階段を降りて行くアンドレスの足音が聞こえてきた。家は奇妙な静けさに包まれた。それから何年かしてサビーナが亡くなり、私はこの家にひとり取り残されたが、その時ふたたびあの静けさを思い出すことになった。長いあいだ、ベッドに横になったままじっとしていた。今と同じように横になったまま（ここにアンドレスが戻ってきたら、私があの時と同じ姿勢で横になっていることに気がつくだろう）、耳を澄まして台所の様子をうかがった。しかし、何も聞こえなかった。ただ時々、壁越しに、判然としないいくぐもったような囁《ささや》き声が聞こえてきたが、あれはおそらくサビーナがアンドレスに最後の忠告と注意を与えていたのだろう。別れの辛さに耐え切れなくなって、やがて涙まじりの声になり、ついには懇願に変わった。いいこと、必ず手紙を書いてくるのよ、お父さんのことは気にしなくていいの、あの人に言われたことなど気にしないで、いつでも好きな時に帰ってきていいのよ。

夜明け前に、ドアの開く音が聞こえた。最初は玄関のドアと勘違いして、アンドレスは別れも告げずに出て行くつもりだろうかと考えた。しかし、足音は廊下を通り、ひどくゆっくり階段を登り、最後にこの部屋の前で止まった。アンドレスはしばらくためらっていた。ようやく決心がついたのか、ドアを開くと、その横に立ち、黙って私の方を見ていたが、ベッドのそばには寄ってこなかった。私は息子の顔をしばらく見つめた。向こうから何か言い出す前に、くるりと背を向けると、息子が立ち去るまで窓をじっと見つめていた。

アンドレスが家を出ていったせいで、サラとカミーロの亡霊が蘇ってきた。アンドレスがいなくなったとたんに、家の中にぽっかり大きな穴が開いたようになった。家では決してあの子の名前を口にしなかったが、何もかもが以前とは変わってしまった。それも当然のことだった。アンドレスがいなくなったというのは、単に息子が一人いなくなったということではない。アンドレスがいなくなれば、この家が生きつづけてゆく最後の可能性も失われる。しかも、あの子の母親と私は迫り来る老いの影におびえていたが、そんな私たちを助け、共に暮らしてくれる人間を失うことでもあったのだ。明け方、アンドレスは後ろ手でドアを閉め、雨の降りしきる中、密輸業者の通る道をたどって国境に向かった。サラとカミーロの亡霊が自分たちの兄弟が姿を消したためにぽっかり開いた穴を埋めるために家に戻ってきたのは、その時である。

カミーロの亡霊はいつまでたっても家から離れようとはしなかった。それどころか、あちこちの部屋をうろついたり、冬の夜に赤々と燃える薪のあいだから顔をのぞかせて、私たちに熱い息を吹きかけてきた。長年のあいだ、私たちはあの子が死んだという事実を認めまいとしてきた。長いあいだ、あの子の思い出にひたったり、空しい希望を抱かないようにつとめてきた。けれども、亡霊と一緒に暮らすのは簡単なことではない。ひょっとしたらという思いが願望に変わり、あの子は死んでいないかも知れないという期待が生まれてくるので、過去の記憶の痕跡を消し去るのはむずかしい。死には少なくとも、手で触れることができるものがある。つまり、墓があり、碑銘がある。花を供えてやれば、記憶の中から顔が蘇ってくる。そうすることで、ああ、この子とはもう二度と会えないのだなと考えるし、それが新しい習慣になって行く。それにひきかえ、消息不明というのはとらえどころがなく、漠然としている。それはひとつの状態ではなく、その否定なのだ。

何の音沙汰もないままいたずらに時間が過ぎて行き、当然のことながら悪い予感がしはじめたが、最初のうちサビーナと私はそうした考えを振り払おうとした。サビーナは、あの子は死んでなんかいないときっぱり否定した。また、口にこそ出さなかったが、最後の日まで奇跡を待ち続けた。しかし、奇跡は起こらなかった。戦争が終わり、何の音沙汰もないまま月日が過ぎていったが、そのうち希望はあきらめに変わり、絶望は悲しみに変わった。カミーロは戻ってこなかった。政府の出している長い戦没者名簿に目を凝らしてみても、あの子の名前は見当たらなかった。けれども、あの子は戻ってこなかった。亡霊だけが家に戻ってきて、部屋の影の中にとけ込んだ。その間、あの子の身体はスペインのどこかの村の共同墓地で腐り果てていたのだ。ウエスカ駅から軍用列車に乗って出発し、二度と戻ってこなかったあの日の朝のことは今も目に焼きついている。

長年のあいだみんなから忘れ去られていたカミーロが、弟の開けた穴を埋めようと戻ってきたのは当然のことだった。あの子はこの家の跡継ぎだった。その血筋からしても、習慣からしても、私が死ねば、この家の家長として私の後を継ぐことになるはずだった。長年のあいだみんなから忘れ去られていた息子が、大昔の亡霊のように自分が家長なのだと告げるために夜の底からよみがえってきたのだ。

サラの亡霊が出てくるとは夢にも思わなかった。あの子が亡くなったのはずっと以前のことだった。熱っぽく苦しそうなあの子の息が永遠に停止したのは何年も前のことで、ようやくあの子のことを忘れかけていたところだった。アンドレスがいなくなって二、三日経ったある日の午後、墓地から出てくるサビーナの姿が遠くに見えた。彼女は私に気づかなかった。私は家畜を囲い場に入れて山から戻ってきたところだったが、そのまま木の陰に隠れて彼女が遠ざかるのを待った。その後ゆっくり墓地に近づき、土塀のところから中をのぞき込んだ。おかしな時期になぜ彼女が墓地にやってきたのか、その理由がわかって愕然とした。忘れ去られたような薄暗い片隅の、イラクサのはびこっているじとじとした古い壁のそばに、サラの小さな墓がキイチゴに囲まれてふたたび姿を現し、何年ものあいだ花など活けられたことがないのに、摘んだばかりのみずみずしい花が供えられていた。

むろん私は何も言わなかった。サビーナは毎週のように墓地へ出かけていった。アイニエーリエ村の人たちはひそひそ噂しあっていたが、私は何も言わなかった。しかしある夜、私もサラに呼ばれた。あれはたしか明け方の二時ごろだったと思う。なぜか突然ぎくりとして目を覚ました。明るい夜だった。クルミの木の葉が微風になぶられ、弱々しい月の光が窓を照らしていた。今と同じようにあたりは静まり返っていたが、家の中から妙な音が聞こえてきたのだ。切れ切れに息をしているような、判然としないあえぎ声が遠くから聞こえてきた。私はサビーナの方を見た。彼女は私のそばでシーツにくるまって物静かな亡霊のようにすやすや眠っていた。あの奇妙な息づかいをしているのは彼女ではなかった。

あの瞬間に何かを直感的に感じとったが、今思えばそれはありえないことではないように思われる。しかしあの時は、運命が私に何をもたらそうとしているのか知りようがなかったので、サビーナが目を覚ましたり、びっくりしないようベッドからそっと起きだした。部屋を抜け出すと、あの奇妙な物音の原因と出所を突き止めてやろうと考えた。廊下を出ると、真っ暗だったので、一瞬戸惑った。そこからだと、切れ切れの息づかいが――聞こえているのが人の息づかいであることは間違いなかった――先ほどよりも近いところからはっきりと聞こえてきた。最初のうちは階段を降りたあたりから聞こえてくるが、おそらく気がつかないうちに犬が迷い込んできたのだろうと考えた。しかし、階段の下まで降り、私がこの手で二十年前に南京錠をかけて閉め切ったあの部屋のドアの前を通った時に、突然自分の考えがまちがいであることに気づいた。あの息づかいは階段のところから聞こえてくるのでもなければ、迷い込んだ犬のあえぎでもなかった。息づかいはそこ、あのドアの向こうでしていた。サラが苦しみ抜いた末に息を引き取った部屋、二十年前に私が南京錠をかけて閉め切ったあの部屋でしていたのだ。

数秒間、身体が金縛りにあったように動かなくなった。数秒間、足に根が生えたようになって廊下の真ん中で身動きができなくなった。死が家の壁を突き抜け、壁をかきむしり、風と私の魂の切れ端を引きちぎってゆくように思われた。といってもほんの数秒、いや、一瞬のことだった。その後、私はようやく驚愕から覚め、廊下を後ずさりしはじめたが、あのドアを開けることはもちろん、背を向けることさえできなかった。熱に浮かされた切れ切れの息づかいが、刃のように私の記憶の中に深々と突き刺さり、思い出をかき立てた。サラは長いあいだ激しく息をあえがせていた。苦しそうな息づかいはいつまでも続き、その間にあの子の身体は蝕《むしば》まれていった。そして十カ月後のある朝、突然息を引き取ったのだが、その日はあの子の四歳の誕生日だった。

以来、毎年同じことが繰り返されるようになった。あの夜と同じように、突然奇妙な夢にうなされて飛び起きるが、それがあの子のせいだということ、あの子が家の中にいて、私を呼んでいることは分かっていた。けれども、あのドアには二度と近づかなかったし、夜中にベッドから起き出すこともなかった。サビーナがあの子の熱に浮かされた苦しそうな息づかいを聞いたことがあるかどうか、私は知らない。彼女は相変わらず毎週のように墓地へ出かけてゆき、花を供えていた。それはベルブーサ村の男たちと一緒に彼女の遺体をサラのそばに横たえる日まで続いた。

私が返事を書かなかったのはそのせいなのだ。私たちを見捨てたばかりか、自分の兄弟まで捨てて村を出て行ったアンドレスを許すわけにはゆかなかった。だからあの日の午後、峠道であの手紙と写真を破り捨てたのだ。それをサンタ・オロシアの沼に投げれば、記憶が時間の沼地で腐敗するように、手紙と写真も沼の底で少しずつ、ゆっくり腐ってゆくはずだった。

7

あの年はいつになく時間がゆっくり過ぎていった。というか、あの最初の年以降、毎年時間の流れが遅くなり、日々の暮らしはますます単調で退屈になって、何もする気になれず、鬱々として楽しまなかった。時間が突然凍りついてしまったのだ。時間の流れる古い川が凍りつき、毎日の暮らしがいつ終わるともしれない広漠とした冬に変わった。過ぎ去った日々の午後を振り返り、記憶の中にある葉をかき分けてみるが、森は霧に覆われて見ることができず、村はすでに廃村になっていた。その村の中を、風に根こぎにされたサンザシのように思い出が通り過ぎていった。

あの年以降、私は峠に足を向けなかった。ベスコースが亡くなると、彼の息子たちは羊を売り払った。おかげで、アイニェーリェ村周辺の羊飼いの小屋や荒地は疫病に見舞われたように荒廃した。ブロートやサビニャゴ、あるいはビエスカでも、その気になれば家畜の世話の仕事くらいなら簡単に見つかっただろうが、私は年老い、疲れきっていたので、後一年人の家畜を追って暮らしてゆくだけの体力も気力も残っていなかった。考えてみれば、人のために働くこともなければ、死後に何かを遺してやるべき人間もいなかった。それどころか、暖炉で燃やす薪が充分あるかどうかさえ確かめる気になれなかった。私はすべてに疲れきっていた。くたびれ、ひとりきりになった私はもはや何かをしなければならないとか、何かをしたいという気持ちになれなかった。狩りの獲物と果樹園――村の畑はすべて私のものだった――でとれる作物で充分暮らしてゆけた。

いつの間にかそういう暮らしに慣れてしまった。というか、ほかにしようがなかったのだ。しかし、暖かい季節の訪れとともに、突然言いようのない孤独感に襲われ、最初はそれを乗り越えるのに苦労した。それまでにも私の心を枯れたヘデラのように蝕んでいる、あの奇妙な不安を感じなかったわけではない。実のところ、火のそばに座って冬の夜長をやり過ごしているうちに、気力と体力をすっかり使い果たしてしまったのだ。しかし、雪が降りつづき、霧と静寂がアイニェーリェ村の家と木々を地上から消し去っているあいだは、孤独感といってもいつもの冬と変わりなかった。暖炉のそばで一緒に夜を過ごしてくれる人がいなくても、どうということはなかった。気が狂うかもしれないという不安や、冬のもたらすいつ終わるとも知れない妄想を分かち合える人がいなくても気にならなかった。言ってみればそれは、はるか遠くの、逃れることのできない呪詛、大昔に下された有罪判決であった。しかし、それさえも無力感に襲われ、あきらめきった毎日をおくっていたせいで、いつの間にか習慣のようになっていた。けれども、今、私のまわりでは生命がふたたび溢れ出し、陽射しが石や家のガラス窓を血の色に染めている。静寂に包まれた中で森が叫び声をあげたが、それを聞いて、私の孤独感がいっそう深まった。実を言うと、あたりを覆い尽くしている手に負えない雪のせいで、こんな風に考えるのだと思って、何とか寂しさをごまかそうとしていたにすぎなかったのだ。

畑や果樹園で農作業をしたり、この前の冬のあいだに傷みのきた家のあちこちを修理しているうちに、春が過ぎていった。馬小屋の扉が風に飛ばされていたし、敷石も何箇所か割れていた。また、氷と湿気のせいで玄関の梁《はり》が何本か完全に腐っていたので、それも直さなければならなかった。梁を麻の袋でくるみ、ガビンの家から運んできた新しい梁を支柱にして補強した。その後、馬小屋の中や納屋の壁にまではびこりはじめたアザミや地衣類を引き抜いた。その時もまだ私は気づいていなかった。というか、見ようとしなかった。しかし、今でははっきりと分かっている。あの時はとにかく何でもいいから忙しくすることで、天と自分を欺き、ものを考えないようにしていた。さもないと、思ったよりも早く気が狂うのではないかと心配だったのだ。

しかし、何をしてもむだだった。徐々に疲れがたまって、無力感に襲われるようになった。最初のうちはいくら仕事をしても疲れを感じなかった。しかし、そのうち少しずつ気力が衰えはじめ、身体を動かすのも大儀になった。夏になるとふたたび野良犬のように村の中をさまよい歩くようになった。何もすることがないので、一日一日が長く感じられ、悲しみと沈黙が雪崩のようにアイニェーリェ村に襲いかかってきた。私はあちこちの家をまわり、馬小屋や部屋の中に入り込んだ。夕闇が木立のあたりでどまってなかなか日が暮れない時など、板と紙で火を起こし、玄関先に座り込んで昔の住人の亡霊と語り合った。しかし、家の中にいたのは亡霊だけではなかった。埃とクモの巣が窓を覆い、部屋の中は湿気と忘却のせいで息ができないほど空気が淀んでいた。長年のあいだ閉め切られていたせいだった。アウレリオ・サーサの家のように、家具やテーブルは昔と同じ場所にあり、ベッドもまだ新しく、まったく手つかずのままで残っている部屋もあった。何年も前に家を捨てていった主人たちが戻ってくる可能性は万にひとつもなかったが、それらの部屋は忠実な犬のように今も主人が帰ってくるのを待っている。一方、ファン・フランシスコの家や学校の古い校舎のように完全に倒壊している建物もあった。壁は崩れ落ち、家具は瓦礫と地衣類の下に埋もれていた。中には、苔が不気味な呪いのように屋根を覆っている家もあった。また、玄関や馬小屋の中に侵入したキイチゴは本物の木と見まちがえるほど繁茂し、森のように生い茂った中で根が壁やドアを壊し、その陰に死と亡霊が身を潜めていた。しかし、古い建物、新しい建物、ずっと以前に見捨てられた建物、最近になって人が住まなくなった建物、どれもこれも雪のせいで傷みが来ており、錆を吹き、ネズミや蛇、小鳥の住処になっていた。

八月のある午後、アシンの家で思わぬ災厄に見舞われた。その家も今では倒壊し、木材と石ころの山に変わり、スイカズラとイラクサに囲まれた建物の基礎部分は紫色に変色している。しかし、古いがしっかりした造りのあの家とエスカルティン街道脇の見るからに寂しげな壁のことは今でも覚えている。あの家は何年も前から廃屋になっていたが、実を言うと、最初に村を出ていった内の一軒だった。市民戦争がはじまると、主人夫妻は家財道具を運び出し、以後二度と戻ってこなかった。——村中がそうだった。しかし、いつも二人で玄関先に腰をおろしていた老夫婦とあの子（そういう私も当時はまだ子供だった）のことははっきり覚えている。うわさによると、あの子は不具で、醜い姿をしていたので、両親は人目につかないように馬と一緒に馬小屋に閉じこめているとのことだった。また、夜になると、その子をベッドの支柱に縛りつけるので、一晩中うめき声が聞こえるといううわさもあった。それが本当だったのかどうか私は知らない。その子を見かけたことはなかった。馬小屋の前を通る時に、何度か小窓からのぞいてみたことがある。心臓がどきどきし、恐怖で身体が震えた。しかし、いくら耳を澄ましても、聞こえてくるのは、家畜の息づかいだけで、村でうわさされているような獣じみた叫び声やうめき声は聞こえてこなかった。ある日あの子が亡くなったが、当時私は十歳になっていた。夜のあいだに、鐘も鳴らされずに埋葬され、沈黙と時間があの子の遺体に降り積もった。誰も何も言わなかったし、長い年月がたったが、あの子の亡霊は悲しい思い出か、呪いのようにあの家のまわりから離れようとしなかった。とりわけアシンと彼の妻が家を捨て、息子の思い出を振り払って村を出ていってからはそうだった。

何度もあの家の近くを通りかかったが、中に入る勇気がなかった。ドアと窓には頑丈な鍵がかかっていた。この前の冬に古い馬小屋が倒壊し、それと共に家畜のような扱いを受けていた子供の亡霊も姿を消したが、不可解な沈黙に包まれている誰も住んでいないあの大きな家は、今も謎めいた悲劇と気味が悪くてぞっとするような雰囲気をたたえていた。しかし、あの午後あの家に足を向けたのは単なる偶然でしかない。考えてみれば、ここ何年かは偶然と宿命が私の運命を左右してきた。ちょうど昼寝の時間で、強い陽射しが大気を熱し、大地に亀裂を走らせ、キイチゴと白茶けたカシの木がきしみ音を立てていた。私は村に引き返そうと坂道を登っていったが、その時にあの家の玄関先で立ち止まって一息ついた。以前、アシンと妻はドアの横にある古い石にいつも座っていたが、私はそこに腰を下ろした。その石に座ったのはそれがはじめてだったと思う。あの夏は干魃《かんばつ》のせいで、作物は実らず、泉は涸《か》れ、トカゲが果樹園や家の裏庭にまで入り込んできた。村から少し離れているせいでよそよりも静かなアシンの家のまわりでは、トカゲが馬小屋の石の上や道ばたのアザミのあいだでのんびり昼寝をしていたが、よほど安心しきっているのか私のことなどまったく気にかけていなかった。私は壁にもたれかかって、火の消えかけたタバコをくわえていた。足元には雌犬がいた。あの日は朝早くから山に入っていたせいで、そのままうとうとしはじめたのを覚えている。その時、だしぬけに手に鋭い痛みを感じた。最初は上着かズボンについていたサンザシか何かのトゲが刺さったのだろうと思った。けれども、その後すぐにねっとりまとわりつくような、毒蛇のものにちがいないシューッ、シューッという音が聞こえ、身体が凍りついたようになった。蛇は私の足のあいだを這いながら逃げていった。私は弾かれたように座っていた場所から飛び上がったが、とたんに犬がワンワン吠えはじめた。毛が逆立ち、歯をガチガチ鳴らし、前脚で玄関先の石を引っかいていた。すべては一瞬の出来事だった。しかし毒蛇がドアの下にゆっくりもぐり込み、あの家のどことも知れない奥まったところに永遠に姿を消してゆくのを見届けるだけの余裕はあった。

私は動転して玄関先から通りの真ん中へ飛び出した。蛇に咬《か》まれたせいで掌が焼けるように熱くなり、心臓に悪寒が走って火傷でもしたように痛んだ。しかし、一刻もぐずぐずしていられなかった。ベルトをはずすと、それで毒を含んだ血液が体内に流れ込まないように手と歯を使って手首を強く縛った。その後、ナイフで咬まれたところを切り裂き、苦痛と恐怖に耐えながら傷口から蛇の毒を吸い出すと、乾いて亀裂の入っている道の土の上にぺっと吐きだした。あれから八年経った。しかし、この先三十年経っても、ぬめぬめした毒蛇の感触と傷口から流れ出した毒の、何かが腐ったような甘ったるい味を忘れることはないだろう。

家に帰ると、真っ先に暖炉に火をいれ、ポットで湯を沸かした。沸くまでのあいだ、通りに出てイラクサを摘んだ。その草の汁にオリーブ油を混ぜて傷口に塗り、その後アルコールを染み込ませたシーツの切れ端に土をつけてその上に巻きつけた。以前、毒蛇に咬まれたフスト叔父の犬をベスコースが治療した時にやった方法を覚えていて、それを真似たのだ。頭を咬まれた犬は、結局助からなかった。しかし、今の私にはそれしか方法がなかった。山の中でひとりで暮らしていたし、一番近い医者のところまで行くのに徒歩で四時間もかかるのだ。

何日ものあいだ、今と同じシーツの下で、絶望的な思いを抱きながらひとりで死と戦いつづけた。助けを求めようにも近くに誰もいなかった。手は、巻きつけたベルトが肉に食い込んで隠れてしまうほどパンパンに腫《は》れ上がっていた。どれくらいのあいだ熱が出て身体が震え、うわごとを言いつづけたのか覚えていない。あたりがぼんやりした不定形のシミになって昼夜の区別がつかなくなり、ベッドの支柱が霧に包まれた木々のように霞んでいった。時々陽射しが部屋の中に射し込んできたが、そのせいで薄汚れたパイ生地のようなシーツがいっそう重く感じられたのを覚えている。雌犬は階段のそばのドアの前にうずくまって悲しそうに吠えていたが、その声はまるで何十メートルも離れたところから届いてくるように遠くかすかに聞こえてきた。今から思えばあれは実に奇妙な世界だった。こうして時が経って振り返ってみると、なんとも奇妙で非現実的な感じがする。今と同じようにあの時の私はこのベッドの上で死にかけていたが、何よりも気がかりだったのは、私が死ねば、雌犬もこの家に閉じ込められて出られなくなり、死んでしまうかもしれないということだった。けれども、下に降りて、通りに面したドアを開けてやる力も残っていなかった。それどころか、ベッドから起き上がる気にもなれなかった。最初の夜がくると、熱は耐えられないほど高くなり、手が今にも張り裂けそうに痛んだ。その後すぐにひどい興奮状態に陥った。シーツの端の方の少しでも冷たいところを捜して何度も寝返りをうった。喉が渇いていた。しかし、水差しは空になっていた。舌は嚙み千切った肉のようにぼろぼろに形が崩れ、ねばついていて、唇を湿らせることもできなかった。熱くなった血のせいで、身体中の水分が蒸発してしまったように感じられた。傷口から噴き出した炎が私の血管を熱し、骨を焼き、口から外に出ようとあがいているように思えた。

熱は真夜中頃に頂点に達した。全身が赤々と燃える松明《たいまつ》のように熱くなり、腫れ上がった手首に巻きつけたベルトが肉にぎりぎり食い込んでいたが、痛みはまったく感じなかった。あの時手がどれくらい腫れ上がり、熱がどこまで上がったのか、今となっては知りようがない。ただ、突然目の前に青い靄《もや》のようなものが立ちこめ、その後すぐに気を失ったことだけは覚えている。

あの瞬間から記憶が粉々に砕け、熱が揺れ動く混乱したイメージを生み出したせいで、どこからどこまでが現実なのか分からなくなった。しかし、私の中には夜を照らし、死の淵からさまざまな思い出を救い上げてくれるかすかな光、記憶から生まれてくる水蒸気がある。あの時、窓の向こうにサビーナが姿を現した。雌犬はおびえてドアの向こうで吠え立てていた。サビーナはベッドの横にひざまずいていた。雌犬が私の腫れ上がった手をむさぼり食っていた。今から思えば、あれはすべて熱が生みだした妄想だったのだ。今日までつづいている夢がもたらした不安だった。しかし、すべてが幻影だったと言い切れるだろうか。あの夜、サビーナがここにいたことを否定できるだろうか。それに答えられるのは雌犬と彼女だけだ。雌犬と彼女、それにおそらく彼女の息のせいでまだ曇っているガラスのはまった窓だけだ。私はシーツの下で汗をかき、がたがた震えていた。目を開け、夢うつつの状態でうわごとを言っている時に、彼女の姿が見えた。彼女は最後に見たときと同じ服を着て、窓ガラスの向こうにいた。もう一度彼女の姿を目にしたら――いまもあの時と同じように窓が開いている――、きっと驚き、おびえるだろう。しかし、あの時は何も感じなかった。あの時、彼女は夜の闇に包まれた窓ガラスの向こうで、宙に浮かんでじっとしていた。その姿をふたたび目にしたら、私はたぶん子供のようにシーツの下にもぐり込み、許してくれ、お願いだからどこかに姿を消してくれと大声でわめくだろう。しかし、あの日は熱のせいで頭がどうかしていたのか、夜の闇の中にサビーナの寂しげな姿が浮かび上がっても、言いようのない哀れみと深い苦しみを感じただけだった。彼女のことを忘れようとして一瞬目を閉じた。しかし、目を開けると、彼女はすでにベッドのそばにきていて、私の顔も声も知らないとでもいうように、私の目をじっとのぞきこんだ。

熱がつづいているあいだ、サビーナは片時も私のそばを離れなかった。彼女は雌犬を部屋の中に入れた。犬は私の手の傷をいつまでも嘗《な》めつづけたが、その間彼女は家の中にある事物の影のひとつになって薄闇の中に溶け込み、私をじっと見つめていた。誰かが私を見つけて埋葬してくれるまで、そばに付き添ってくれるつもりだったのだろう（おそらく今夜中にすべて片がつき、ベルブーサ村の人たちが私を見つけ、彼女のそばに永遠に埋葬してくれるだろうが、それまでは私に付き添ってくれるだろう）。私は熱に浮かされ夢うつつの状態で、ベッドのそばに立っているか、窓のそばにひざまずいている彼女の姿を見ていた。彼女がお祈りを上げていたのを覚えている。その声は生前と変わりなかったが、喉のない口から出てくるような感じで、耳障りでかすれ、反響しないこともあってひどく異様な感じがした。どれくらいの時間祈っていたか分からない。私は急に眠り込んでしまった。ふたたび目を開けた時、最初に聞こえてきたのは、あの声ではなく、ベッドの向こうから届いてくる深い息づかいだった。しばらくのあいだ、自分がどこにいるのか、窓ガラスがなぜあんなにきらきら輝いているのか理解できなかった。月の光だったのだろうか。夜明けの光だったのか、逆にまだ夜だったのに、身体が燃えるように熱かったせいで窓が鏡のように見えたのかもしれない。私はベッドの上で上体を起こし、まわりを見回した。サビーナはそこ、ドアのそばにいて、片時も目をはなさず私をじっと見つめていた。けれども、雌犬の姿はなかった。その代わりに、頭が醜く歪み、背中に馬のたてがみのような毛が生えている化け物じみた子供がそこにいて、大きく腫れ上がってずきずきする私の手を両手で支えていた。ひと目見て、それが誰だかわかった。一度も会ったことはなかったが、その目が見えないと気づいたとたんに、アシンの家の真っ暗な馬小屋で育てられたせいだなと思った。その子もやはり私をよく知っているとでもいうようにじっとこちらを見つめ、げらげら笑いはじめた。それは歯もなければ喉もない口から漏れる耳障りでしゃがれ、反響しない声だった。大地の底から湧いてくるような死の笑い声が、決して笑い終わることがないかのように私の頭の中に響きわたった。おびえていたし、視線は恐怖と熱のせいで凍りついたようになっていたが、自分は決して眠っていないと分かっていたので、寝返りをうってそちらを見ないようにした。その子の黒いたてがみと歯が一本もないぞっとするような口から逃れたかったのだ。寝返りをうってドアの方に向き直ると、サビーナはまだ黙ったままドアの前に立っていた。彼女にはあの子の姿が見えもしなければ、笑い声も聞こえないようだった。なぜあの子が私のベッドのそばにいてげらげら笑っているのか分からなかった。何百匹もの毒蛇がドアの下からゆっくり入り込んできて、家具やベッドの支柱に這いのぼり、毛布や汗ばんだシーツのひだのあいだでとぐろを巻いたあと、毒を抜くために私がナイフを使って切り裂いた傷口から血管の中に次々に入り込んで姿を消していった。

今も記憶に残っている最後のイメージがそれだった。そのイメージは発熱の名残り、あるいは何年も経った後にふたたび蘇ってくる断続的な夢の最終的なきらめきのように今も目の奥に焼きついている。後は闇しかなかった。長く果てしない夜と沈黙しかなかった。

目が覚めると、強烈な陽射しが顔を照らしていた。おそらく正午ごろだったのだろう。あの強い光と身体から噴き出して、シーツを濡らしていたねっとりとした汗のことは今も忘れることができない。なかなか目を開けることができなかった。夜、死者たちの長く果てしない夜に慣れきっていた目は、炎の奔流を受け入れまいと抵抗していた。ベッドの上に横たわっている身体はおそらく毒蛇と陽射しのせいで、肉が落ち、ミイラのようになっているはずだが、そんな自分を見たくなかった。数秒のあいだ目を閉じて、夜の名残りと快い夢の残像を取り戻そうとした。数秒間、自分はもう死んでしまっているのだと考えようとした。不安と恐怖に駆られながら、少しずつ目を開けていったが、何かあればすぐに目を閉じて永遠に開かないつもりだった。べつにこれといった理由はなかった。焼けつくような光にようやく目が慣れると、ベッドに横たわっている五体満足な自分の身体とベルトで締めつけていたせいで醜く腫れ上がった手、それに沈黙に包まれた虚ろな、今夜と同じように虚ろで誰もいない部屋が目に入った。

起き上がれるようになるまでに数日かかった。高熱と汗のせいで憔悴しきっていた。しかし、少しずつ手の腫れがひき、何とか生き延びることができたと分かって気力が戻ってきた。一週間後には、外に出られるようになった。最初のうちは、父親が死ぬ前に使っていた杖の助けを借りて、村の中を歩き回ったり、空き家にこっそり入り込んだりした。けれども、アシンの家には二度と近づかなかった。あの午後私は、彼と妻がいつも座っていた石のところで危うく命を落とすところだったが、あそこにも近づかないようにした。三、四年後のある冬の夜、雨と強い風のせいであの家がついに倒壊したが、その時にカンテラで崩れた壁の内側を照らして、中を覗き込んでみた。あたりは真っ暗だった。瓦礫のあいだを風が吹き抜け、目を開けていられないほど強い雨が降っていた。それにもかかわらず、つまり、夜の闇に包まれ、雨が降りしきり、恐怖で身体が金縛りにあったようになっていたにもかかわらず、カンテラの明かりで崩れ落ちた梁と天井の下に子供用のベッドがほとんど無傷のまま残されているのが見えた。ベッドの柵から四本の太い革のベルトがぶら下がっていたが、今でも誰かをベッドに縛り付けることができそうだった。そして、ベッドの真ん中ではウールの詰め物の中で無数の毒蛇が巣を作っていた。

8

鋭く突き刺すような痛みが、何の前触れもなくふたたび襲ってきて、息ができなくなった。肺の中に毒蛇の子供たちが巣を作っているように思われた。

数秒間痛みで息ができなくなり、記憶が消滅して、呼吸が止まった。数秒間、痛みが犬のように肺の中を掻きむしる。その後、ゆっくり、ゆっくり消えてゆき、胸の奥に白熱した冷たい太陽を残してゆく。

三月のあの日に、カンタローボスではじめて痛みに襲われたが、その時からふつうではない痛みだということは分かっていた。当時はかすかな痛み、肺の中をちくりと刺すようなものでしかなかったので、薪にするハリエニシダを拾い集めるくらいの仕事はできた。しかし、あの刺すような痛みが、かつて娘の肺を破壊し、死にいたらしめたのと同じもので、徐々に人の息を止めてしまうものだということは分かっていた。

時が経つにつれて、痛みが大きくなっていった。最初はゆっくりと、断続的に襲ってきた。その後だんだん頻繁になり、おかげで不眠症に襲われ、呼吸が乱れるようになった。今から思えば、あの時は死が間近に迫っているからといって、べつに恐ろしいとは思わなかった。最初から、死は明白で避けようのないもの、まちがいなく訪れてくるものだということが分かっていた。苦痛が私の記憶を食い荒らし、呼吸を乱すようになってからというもの、死ははるか以前から自分に課せられていた避けがたい呪詛のようなものだと考えるようになった。死は今ここにいて、私の喉を通って私と一緒に呼吸している。時間が尽き、最後の光が私の目の中と外で少しずつ消えてゆく。そんな今、死は甘美な安らぎ、いや、自分が待ち望んでいたものとして私の目の前にある。

人は誰しも死ぬことを考えると恐ろしくなる。もっとも若い頃は死がずっと遠くの、はるか先のことのように思えて、誰も受け入れようとはしない。しかし、歳をとり、死が間近に迫ってくるにつれて逆のことが起こる。つまり、われわれは死が恐ろしくなって、正面から見つめることができなくなる。しかし、いずれの場合も死の恐怖はつねに変わることはない。死は不公平で、容赦なく肉体を滅ぼし、しかも忘却が無限の冷たさをもたらすが、それが恐ろしいのだ。

幼い頃、死者の目の奥に計り知れないほど大きな虚無がたたえられていることに気がついた。あの時のことは今でもよく覚えている。六歳の時に、忘れることのできない死の顔を目にしたが、その日のことは今でも奇妙なほどはっきりと記憶に残っている。父方の祖父バシリオ――祖父のことで覚えているのは、いつも火のそばにあったその半長靴だけだが――が、数日前からベッドで寝たきりになっていた。祖父のところへ食べ物を運ぶために、母は一日に何度も階段を登り降りしていたが、祖父は何も口にしなかった。父は父で家を空けないようにしていた。しかし、私は祖父に会わせてもらえなかった。冬のある午後、学校から戻ると、父は馬小屋で大きな棺を作っていた。夢中になってその仕事をしていたので、私が見ていることに気づかなかった。台所には誰もいなかった。火のそばで暖まりながらしばらく待っていたが、退屈してきたので母親はいないかと思って、二階に上がった。あの日の午後、そこで何があったのか直感的に感じとっていたのだろうか？　薄暗い馬小屋で父親が棺を作っていたが、なぜあんなことをしていたのか分かっていたのだろうか？　階段を登ると、ドアの向こうで母の泣く声が聞こえてきたが、私が覚えているのはそれだけだった。びっくりして祖父の部屋に飛び込んだが、母はいなかった。母は別の部屋で泣いていた。祖父はあの部屋のベッドにたったひとりで横たわり、枕からがっくり首を落とし、目をかっと見開いていた。

あれ以来私は何度となく死んだ人たちの最後の眼差しを目にしてきた。両親の目、娘の目、雪に焼かれて黄色くなったサビーナの目を見てきたが、例外なく虚ろな目をしていた。固くこわばった瞼を閉じてやったことも何度かあったが、その下には最後の輝きを永遠に失った目があった。そういう時はいつも同じめまいに襲われ、冬のある午後、祖父の命の火が消えた透明な目を前にした時に感じたのと同じ寒気を覚えた。

しかし、何年も前から死がもたらすめまいと寒気を恐ろしいと思わなくなった。私は自分の内部に死の黒い息吹が潜んでいると感じ、死者たちの影に囲まれたもう一つの影のようにこのアイニェーリェ村にひとり取り残されたが、そうなる前に父が、死というのは二度と戻ってくることのない沈黙への旅の第一歩にすぎないのだと身をもって教えてくれた。父はつねに強い男でありつづけた。父は蘇ることのない不毛のこの土地を相手に戦い、屈することなく働きつづけた。しかし、ある日病に倒れてからは、二度と火のそばの木製の長椅子から立ち上がることはなかった。死が間近に迫っていることを知っていた。夜になると、果樹園でホー、ホーと鳴いているフクロウ――サビーナは大声を上げたり、石を投げたりしてそのフクロウを追い払おうとした――が自分の死を告げるためにそこにいることを知っていた。しかし、死を恐れるような素振りを見せたことはなかった。その顔に恐怖の色が浮かんだこともなかった。ある日の夕方、父が狭い通りをのろのろ歩いているのを見かけた。どこへ行ってきたのかと尋ねると、なんとも言えず悲しそうな顔をして私をじっと見つめた。間もなくお前たちの手で運ばれて行って、そこから永遠に戻ってくることのない場所を見てきたのだと答えた。父がそう言ったのを今でもはっきりと覚えている。翌朝、サビーナがベッドで冷たくなっている父を見つけた。

父が最後に口にしたあの言葉は今も私の記憶に刻みつけられている。父があのように冷静に死を受け入れたことを見て心を打たれたが、おかげで自分が死と向き合うことになった時にそれが大いに役だった。私が恐ろしいと思ったり、絶望感に襲われないのは、そのせいなのだ。私はまもなくこの世からいなくなり、人から忘れ去られるだろうが、その中に安らぎを見出している。粉挽き小屋で首をくくっていたサビーナを見つけ、雪の中をこの家まで引きずって帰ったが、そんなことができたのも死を冷静に受け入れる心構えができていたからなのだ。アイニェーリェ村にひとり取り残された時、息子や以前親しくしていた人たち、あるいは近くに住んでいた人たちの記憶の中では私もまた死んだ人間にほかならないと考えたのも、そういう心構えのおかげだった。何年もの歳月がたち、今では苦痛が苦くて黄色い雨のように私の肺を浸しているが、沈黙とこの村——この村も間もなく私とともに死んでゆくはずだ——の廃屋のあいだで、フクロウが私の死を告げているが、それを聞いても恐ろしいと思わないのは、あの心構えがあるおかげなのだ。

家の石組みが崩れると、その度に修理してきたが、アイニェーリェ村そのものはすでに死んでいた。最後まで残っていた村人たちが亡くなったり、村を出て行ったりした後も、サビーナと私は踏みとどまったが、村自体はすでに死んでいた。私はそのことを認めまいとした、というか認めることができなかった。沈黙と廃墟が何よりも雄弁にそのことを物語っているのに、目を向けまいとした。けれども今の私には、自分が死ねば、思い出の中に生き続けているひとつの遺体の最後の名残りまで死んでしまうことがよく分かっている。

9

にもかかわらず、山から見ると、アイニェーリェ村は今も昔の姿と面影をとどめている。ベルブーサ村に通じる道のカシワの林やカンタローボス山の峠道から眺めると、泡だっているポプラの木立、川のそばの果樹園、人影ひとつない道と羊飼いの小屋、真昼時の光や雪明りを受けてきらめいているスレート、もやに包まれてぼんやりかすんでいる遠くの家々が見える。現実離れしたそんな様子を遠くから眺めると、アイニェーリェ村が今では永遠に打ち捨てられた墓地のようになっているとは誰も思わないだろう。

私は毎日、ゆっくりと休むことなく荒廃が進んでいる村を眺め暮らしてきた。一軒、また一軒と家が崩れていくのを目の当たりにし、家が予測したよりも早く倒壊して、自分の墓にならないよう戦い続けてきた。しかし、それも所詮むだな足掻《あが》きでしかなかった。これまで私は、いつ終わるともしれない激しい死の苦悶に身を任せている村を見守ってきた。何年ものあいだ、自分が生まれる前にすでに死んでいた村の、最後の崩壊を見守ってきた。私は今日、死と忘却の縁に立っているが、そんな私の耳に、苔に覆われている石の叫びと崩れ落ちてゆく梁や扉の果てしない苦悶の声が聞こえてくる。

最初に家を閉めたのは、フアン・フランシスコの一家だった。何十年も前の、私が子供の頃のことだ。あの家の堂々とした古い玄関や鉄製のバルコニー、駆けっこやほかの遊びをしている時によく隠れた果樹園のことは今でもよく覚えている。あの一家の中では、娘のひとりの目だけが記憶に残っている。けれども、彼らが村を出て行った日のことははっきり覚えている。八月のある午後、ラバにひかせた荷車にトランクや家具を山のように積み上げ、ブロート村に通じる道を通って村を出て行った。私はその時父親と一緒にアイニェーリェ峠で羊の番をしていた。その日の午後、一家はハリエニシダの茂みに囲まれた草の上に座っている私たちの前を通って、エスカルティン街道の向こうに姿を消した。父が長い間一言も口をきかなかったのを覚えている。羊の群れに背を向けて、道の方をじっと見つめていたが、あの午後にこれから何が起こるかすでに予見していたのだろう。私は突然言いようのない悲しさに襲われて、草の上にごろりと横になると口笛を吹きはじめた。

フアン・フランシスコの一家が口火を切り、以後長く果てしない別れが、押し止めようのない離村がはじまった。私は間もなくあの世へ旅立つが、それですべてが終わるだろう。最初は、櫛の歯が抜けるように一軒、また一軒と村を去って行ったが、そのうち大挙して離村するようになった。ピレネーの山間にあるほかの村でも事情は同じだった。彼らは荷車に家財道具を積めるだけ積み、家のドアを永遠に閉めると、低地に通じる間道や街道を通って、何も言わずに村を出て行った。この辺りの山々を吹き抜ける奇妙な風が、彼らの心と一軒、一軒の家の中に嵐を引き起こしたように思われた。何百年ものあいだ地面を見詰めて暮らしてきた人たちが、自分たちがいかに貧しい暮らしをしてきたかに思い当たり、突然顔を上げて、ほかの土地へゆけばこの貧しさから抜け出せるかも知れないと考えはじめたかのようだった。誰ひとり戻ってはこなかった。残して行った家財を取りに戻ってくるものもいなかった。近隣の村と同じように、アイニェーリェ村から徐々に人影が消えて、ついには誰もいない廃村に変わってしまったのだ。

言いようもないほど悲しい別れもあった。思ってもいなかった人が突然離村すると聞くと、残された私たちの心の中にいつもよりも大きな穴がぽっかり空いたようになった。アモール家の母親がそうだった。行きたくない土地へ、むりやり引きずられるようにして連れていかれた。カサ・グランデの主人アウレリオ・サーサもそうだった。彼の場合はほんの数日前に妻の埋葬を済ませたばかりだった。息子のアンドレスも村を出て行った。最後に出て行ったのはフリオだが（あの時、サビーナと私はこれでもう村には他に誰もいなくなったと考えた）、あの頃の別れの中でいちばん印象に残っているのはアドリアン老人との別れだった。

あれは一九五〇年のことだった。当時、村に残っていたのはフリオとトマス・ガビン、それに私の三人だけだった。多くの家が空き家になったり、倒壊したりしていた。私たちはそんな中、ばらばらに散らばって暮らしていた。死に瀕しているアイニェーリェ村を前にして私たちはすっかり意気消沈していた。少し前からアドリアンが私とサビーナと一緒に暮らしていた。彼には住むべき家がなかった。ラウロのところで半世紀以上ものあいだ下働きをしてきたのに、一家が村を出てゆく時に犬ころのように捨てられたために、主人も家も、家族も仕事も失ってしまった。サビーナと私があの哀れな老人を引き取ったのは、仕事を手伝ってもらうためというよりも、かわいそうで見ていられなかったからだった。老人は雨露をしのぎ、食べるものにも事欠かなくなったというので、ひどく感謝して、毎日懸命になって働いてお返しをしようとしたが、そういうところまで犬そっくりだった。アドリアンはバサランに近いシーリャス村の生まれで、幼いころにアイニェーリェ村にやってきて以来ずっと下働きをしていた。以来、一度も村から外に出たことがなかった。戦時中は村中の人間が疎開したが、彼だけは村にとどまった。国境が近く、しかも近くのサビニャニゴ村まで鉄道がきていることもあって、あの年、近隣の山は戦略上の理由から絶え間ない爆撃にさらされた。彼はその時もたったひとりで主人の羊の世話をしつづけた。しかし、アドリアンもすっかり年老いてしまった。あの一家のために忠実に一生懸命働いてきたというのに、犬のように捨てられてしまった。彼には身を寄せるところもなければ、引き取ってくれる人もいなかった。自分の村でもない村の死を見つめながら、この先ずっとひとりで生きていかなければならないと考えて、誰よりも大きな不安におののいていたのはおそらくアドリアンだったのだろう。むろん、彼が口に出してそう言ったわけではない。アドリアンはほとんど口をきかなかったし、自分の感情や不安を決して表に出さなかった。しかし、なんとも言えず悲しそうな彼の目と、夜になって風が通りを吹き抜け、暖炉で木の幹が炎に包まれて苦しそうに身をよじっている中で、私たちを隔てている沈黙のカーテンを見ているうちに、そう感じた。アドリアンは羊を囲いに入れ、夕食を済ませると、いつも火のそばに腰をおろした。黙りこくったまま眠くなるまで座っていたが、時には明け方まで起きていることもあった。私は別に煩わしいと思わなかった。沈黙には慣れていたし、彼が木の長椅子の端に腰をおろし、黙って座っていても気にならなかった。私たちの晩年はひどく辛くて寂しいものだったが、彼はそんな私たちに付き合ってくれたのだ。彼もおそらく辛く寂しい思いをしていたのだろう。

姿を消した夜、アドリアンはひとりで遅くまで台所に残っていた。私はいつものように十二時に床についた。たぶんしばらく前に決心していたのだろうが、あの夜はそんな素振りを少しも見せなかったし、おかしなところもなかった。あの日の午後、風で羊飼いの小屋が壊れたので、明日は早く起きて、あそこを閉めてしまおうと話し合ったのを覚えている。しかし、朝になると姿が見当たらなかった。長年働き続けてきたというのに、わずかな持ち物しかなかったが、それを残らずもって出て行った。以来彼の消息は分からない。どこへ行ったのか、いや、生きているのかどうかさえ分からなかった。その後、彼のことを忘れたころになって、ガビンがアドリアンのスーツケースを発見した。それは密輸業者が通る古い道のそばの茨のしげみの中に隠してあったが、雨で腐ってぼろぼろになっていた。

当時はガビンとフリオがまだ村に残っていたので、三人で力を合わせて何とか村を荒廃から守ろうと懸命になって働いた。独り者のガビンには家族がいなかったが、フリオのところに息子が二人と弟がいた。私たちは総出で堰のごみを浚ったり、果樹園や通りの掃除をしたり、壁や柵を修理したり、時には支柱で梁を補強したり、亀裂が入って倒れそうになっている家を修復したものだった。孤独感と絶望感にさいなまれていたあの頃は確かに辛く苦しい時期だったが、おかげでそれまで経験したことのない連帯感と友情が生まれてきた。荒れ狂う天候や厳しい冬山を前にすると、自分たちの無力さを思い知らされたし、訪れる人もいない土地に取り残され、忘れ去られた人間であることもよく分かっていたが、そうした無力感が逆に私たちを近づけ、友情や血よりも強い絆で結びつけてくれた。三人は互いに助け合って仕事をし、かつては村のものだった牧草を分け合い、夜、夕食を済ませると、誰かの家に集まっておしゃべりをしたり、思い出話に花を咲かせて、夜をやり過ごしたものだった。

しかし、それがはかない幻影でしかなく、いつ終わるか分からない戦いの束の間の一時的な休戦でしかなく、いずれ誰かが次の犠牲者になることは目に見えていた。ガビンが次の犠牲者になった。ある朝、ガビンは最後のタバコを口にくわえ、台所に座ったままの姿勢で冷たくなっていた。老人は生きていた時と同じように、たった一人、誰にも看取られることなくあの世へ旅立っていった。彼が死んだことで、ある一家、おそらくいちばん古い一家の歴史が途絶えた。フリオと私に残された唯一の希望は、いつか誰かが戻ってくるかもしれないということだけだった。

その夏の終わりに、フリオは先を越されまいとするかのように、とるものもとりあえずあわてて村を出て行った。出立の前夜に家具を荷車に積み込みはじめたが、それまで一言の相談もなかった。あの夜、村の通りが奇妙なほど静かだったのを覚えている。サビーナと私は顔を見合わせることもなく、黙々と夕食を取った。その後私は家を出て粉挽き小屋に隠れた。あの夜は悲しかった。おそらくそれまででいちばん悲しい夜だったにちがいない。何時間もの間、私は薄闇に包まれた片隅に腰をおろしていたが、眠るどころか、別れ際のフリオの最後の眼差しが頭から離れなかった。窓越しに、粉挽き小屋の苫に覆われ崩れかけている大きな門と川岸に植わったポプラの葉が月明かりを受けてきらめいているのが見えた。ポプラの木は月の冷たい死の光の下で、黄色い円柱のようにどっしりとした荘厳な姿を見せていた。あたりは物音ひとつせず、息苦しいほど平穏だったが、揺るぎないその平穏さがかえって私のやりきれない思いをつのらせた。遠くに見える山の稜線と重なり合っているアイニェーリェ村の屋根が、夜の闇の中で水面に映るポプラの影のように揺れていた。しかし、明け方の二時か三時頃、穏やかな風が川面を吹き抜けている時に、突然黄色い雨が降り注いで、粉挽き小屋の窓と屋根を覆い尽くした。それはポプラの枯葉だった。ゆるやかに降りしきる秋の雨がふたたび山々に戻ってきて、野原をくすんだ金色に染め、街道や村々を急に物悲しく穏やかな色調に染め上げた。あの雨はわずか数分しかつづかなかった。しかし、夜全体を黄色く染めるにはそれで充分だった。明け方、陽の光が枯葉と私の目をふたたび焼き焦がした。その時はじめて、秋が訪れてくるたびに、あの雨が壁の石灰や古いカレンダー、手紙や写真の角、粉挽き小屋や私の心の中にある打ち捨てられた機械を、一日、また一日とゆっくり酸化させ、破壊していることに思い当たった。

あの夜からこちら、私の唯一の記憶、私の生活の唯一の風景は錆だけになった。五、六週間のうちに、ポプラの枯葉が街道を消し去り、堰を埋め尽くし、がらんとした部屋のようになった私の心の中にまで入り込んできた。その後、サビーナの事件が起こった。錆と忘却がその持てる力を振るって情け容赦なく村に襲いかかってきたが、そのせいで村そのものが自分の視線が生み出した幻影のように思えた。すべての人が、妻でさえも私を見捨てた。アイニェーリェ村が死にかけているというのに、私は何もできなかった。雌犬と私は静寂の中で二つの奇妙な影のようにただ顔を見交わすしかなかった。どちらもどうしていいのか分からなかったのだ。

気づかないうちに錆が押し止めようのない力でゆっくり侵食をはじめていた。通りは徐々にキイチゴとイラクサに覆われ、泉はもとの水路から溢れ出し、羊飼いの小屋は沈黙と雪の重みに堪えきれず倒壊し、古い家の壁や屋根に最初の亀裂が入りはじめた。私はそれを押し止めることができなかった。フリオとガビンの助けがなくなった今――とりわけ、かすかな希望さえ失った今となっては――、酸化とヘデラが猛威を振るいはじめるのを手を拱いて見ているよりしかたがなかった。わずか数年のうちに、アイニェーリェ村は荒れ果てたぞっとするような墓場に変わってしまったが、その村を私は今、窓越しに眺めている。

ガビンの家はそれほど傷みがきていなかったが、雷が落ちて壊れてしまった。ほかは、どの家も押し止めようもなく崩壊が進んでいた。最初、黴《かび》と湿気が音もなく壁を食い荒らし、ついでに屋根を喰らい尽くす。やがて、屋根を支えている梁だけが、進行の遅いレプラにおかされたようにあとに残される。その後、野生の地衣類が姿を現し、苔と白蟻が黒い死の鉤爪を立てる。そして最後に、家全体が残らず腐敗し、風、あるいは雪が最後の止めを刺す。夜、私は錆びついた物が立てる音、黴が壁の中に入り込んで内側から腐らせていく音を聞きながら、そのうちこの家も目に見えないあの手で侵食されていくのだろうと考えた。窓ガラスの向こうで風雨が吹き荒れ、川が遠雷のような音を立ててごうごうと流れている時など、どこかの壁が突如轟音とともに崩れ落ちて、はっと目が覚めることがあった。

最初に倒壊したのはフアン・フランシスコの家の馬小屋だった。あそこは長年放置されたままになっていた。一家はラバに荷車を引かせ、ハリエニシダの茂っているエスカルティン街道を通って村を出て行った。村を出てゆく一家を父と二人で見送ったのはずっと昔のことだが、それ以来ラバのいたあの馬小屋は放置されたままになっていた。それが一月のある夜、雪の重荷に堪えきれなくなって、銃弾を受けた家畜のようにどっと倒れたのだ。家の残りの部分は翌年、サビーナが死んでしばらくして倒壊したが、その時にサンティアーゴの馬小屋と薪小屋を道連れにした。それから三年後に、ラウロの家が災厄に見舞われた。次いで、放置された順番にしたがって、大半の家が一軒、また一軒と、つまりアシンの家、ゴーロの家、チャーノの家といったように次々と倒壊していった。

私の家も崩れはじめた。その少し前から死の手が忍び寄ってきていることはわかっていた。死は教会の壁や果樹園、ベスコース家の屋根や通りに生い茂っているイラクサの中に身を潜めていた。そのうち馬小屋の窓に亀裂が入り、干し草置き場の梁が傾きはじめていることに気がついた。そうなってはじめて、錆と死がこの家にも入り込んで来たと考えるようになった。自分が家を出てゆく前に倒壊するとはどうしても考えられなかったので、あの時は戸惑い、困惑しただけでなく、心底驚いた。二、三カ月間は丸太やよその家から持ってきた梁を使って窓を補強し、亀裂が大きくなるのを何とか食い止めることができた。しかし、まもなく別の箇所にそれよりも大きくて深い亀裂が入り、壁に縦の亀裂が何本も走り、手の施しようがなくなった。今から四年ほど前の、十二月のある日に干し草置き場が倒壊した。小屋を支えていた骨組みが完全に腐り、雨水と強風のせいでとうとう崩れ落ちてしまったのだ。薪や農具、それに小麦と家畜の飼料が入っている櫃などわずかばかりのものを干し草置き場から引っ張り出して、あちこちの部屋に積み上げた。そうして、壁を塹壕に見立ててその中に閉じ込もり、おそらくは最後のものになるはずの戦いに備えることにした。

以来今日まで、死はゆっくりと執拗に家の基礎や梁を侵してきた。静かにゆっくりと、情け容赦なく。わずか四年の間に、ヘデラはかまどと穀物貯蔵庫を埋め尽くし、白蟻は玄関と庇屋根の梁を食らい尽くした。わずか四年の間に、ヘデラと白蟻は一家族が百年かけて作り上げたものを破壊した。今、両者は手に手を取ってこの家の重みと記憶を支えている最後の物体を捜し求めて、古い廊下と屋根の腐った木材の中を這い進んでいる。あの夜粉挽き小屋でみた雨のように、今の私の心と記憶のように——黄色い色をした、古びくたびれたそれらの物体は間もなく完全に腐り、ついには雪の降りしきる中、まだ家の中にいる私とともに崩れ落ちるだろう。

10

死はこれまで、家の中にいる私のもとを——玄関で悲しそうに吠えている犬のもとを——、何度となく訪れてきた。娘が死んだ日にかんぬきをかけてあの部屋を閉め切ったが、その部屋にあの子が戻ってきた時に、死が訪れてきた。大晦日の夜、炎に包まれてゆっくり燃えている古い肖像写真の中にサビーナがよみがえった時、また熱と狂気におかされ、シーツにくるまって死にかけている私のそばに彼女が付き添ってくれた時、その時にも死はやってきた。埋葬してから長い歳月が過ぎた後、母が突然台所に現れたが、その時にも死がやってきた。それ以来、死は私のそばから離れなくなった。

その夜までは、自分の目が信じられず、家の中を徘徊する亡霊を見たり、異様な静けさを感じても、気の迷いだろうと考えていた。この目で見、耳で聞いても、それまでは熱と恐怖が原因でさまざまな幻影が生まれ、それが形をとっているだけで、所詮記憶でしかないと思っていた——少なくともそう考えようとしていた。けれどもその夜、現実は荒々しく反論しようのない形でそうした考えを打ち砕いた。その夜、母がドアを開けて、突然台所に姿を現したのだ。あの時私は台所の火のそばに座っていたのだが、母を前にした時の私は、今と同じように目が覚めていたし、意識もはっきりしていた。母を見ても恐ろしいとは思わなかった。

長年のあいだ会っていなかったが、ひと目で母だとわかった。生前の母は家畜や家族の世話をするために一日中忙しく立ち働いていたが、記憶にあるそんな母とまったく変わりなかった。死んだ時にサビーナと妹から着せてもらったあの服を着、いつも身につけていた黒のショールをかけていた。その母が今、昔のように火のそばの木の長椅子に座って黙りこくっていたが、その姿はまるで本当に死んだのは自分ではなくて、時間なのだと語りかけているように思われた。

アイニェーリェ村で通夜が営まれているか、密輸業者、あるいは狼が村の近くまでやってきた時のように、雌犬は一晩中玄関のところで眠りもせずにおびえたように吠えていた。母親と私は一晩中黙ったまま、暖炉の火がハリエニシダを灰に変え、それと一緒にさまざまな思い出を燃やしてゆく様子を眺めていた。私たちは死の手によって長いあいだ引き離されていた。何十年も会わずにいた後、ふたたび向かい合ったというのに、二人ともずっと以前に途切れてしまった会話をどう続けていいか分からなかった。私は母の方を見ることさえできなかった。犬がおびえたように吠えていたし、暖炉の火に照らされて木の長椅子の下に静止した奇妙な影ができていたので、母がまだ台所にいることは分かっていた。しかし、恐ろしいとは思わなかった。あの時は、私の死を看取るために、母が戻ってきたのだろうかとも考えなかった。私は火のそばに腰をおろしたまま眠り込んでしまった。明け方、暖かい光が射してきたのではっと目を覚ましたが、その時にはじめて母が台所からいなくなっていることに気がついた。カレンダーに目をやったが、母が木立の向こうに姿を消したのが二月の最後の夜だったことを思い出し、一瞬背筋に冷たいものが走った。母は四十年前の同じ日の夜に亡くなったのだ。

あの日から母はよく顔を見せるようになった。眠気が襲ってきて、暖炉の薪が燃え尽きて熾火に変わる真夜中頃になると、決まってやってきた。いつも静かに足音も立てずに突然台所に現れるのだが、その時は廊下や玄関のドアが開いたりしなかった。しかし、母が台所に入ってくる前、狭い通りに母の亡霊が現れる前に、雌犬がおびえたようにうるさく吠え立てるので、前もって分かった。夜、寂しさに耐え切れなくなったり、疲労のせいで過去の思い出ではなく、気違いじみた考えが浮かんでくると、ベッドまで走ってゆき、頭から毛布をひっかぶったが、そうすることで母と思い出を共有するまいとしたのだ。

しかし、ある明け方二時か三時頃に、奇妙なざわめきが聞こえてきて、ベッドの中で目が覚めた。秋の終わりの寒い夜で、今と同じように黄色い雨が窓を覆っていた。最初、ざわめきは外から聞こえてくるもので、おおかた枯葉が風に吹かれて通りを飛んでいるのだろうと思っていた。しかし、すぐに自分の考えがまちがっていることに気づいた。あの奇妙なざわめきは通りから届いてくるものではなかった。それはこの家のどこかから聞こえてくる人の話し声だった。まるで、台所に誰かいて母親と話し合っているような、近くから聞こえる人の声だった。

ベッドに横たわり、長いあいだ聞き耳を立てていたが、その後思い切って起き上がることにした。人の話し声が反響し、雨のように降りしきった枯葉が窓を黄色く染めていたが、それよりも不気味だったのは犬が吠えるのを止めて、あたりが静まり返っていることだった。私が廊下に出ると、台所にいる人たちがその音を聞きつけでもしたようにに話し声はぱたっとやんだ。私はサビーナが死んだ日からずっと上着にしのばせてあったナイフをつかむと、台所で母と一緒にいるのが誰なのかを確かめてやろうと思って階段を降りていった。しかし、ナイフなど必要なかった。そんなものがあったところで何の役にも立たなかった。台所にいたのは、死んだ人たちの亡霊だった。物言わぬ黒い影が火を囲むように車座になって座っていた。私が彼らの背後でドアを開くと、一斉にこちらを振り返ったが、そこにはサビーナをはじめこの家で亡くなった家族のものたちの顔が並んでいた。

私は後ろ手でドアを閉めることも忘れて、あわてて通りに飛び出した。外に出たとたんに冷たい風に顔を叩かれたのを覚えている。通りは一面枯葉で埋め尽くされ、それが風に吹かれて果樹園や家々の中庭で渦巻いていた。私はベスコースの家のそばで足を止めると、大きく息をした。突然思いもかけないことが起こり、すっかり動転していたせいで、夢なのかどうか自分でもよく分からなかった。肌にはまだシーツの温もりが残っていたし、風のせいで目を開けることができず、足元がふらふらしていた。家々の屋根や塀の上に広がっている空は悪夢のように黄ばんだ色をしていた。しかし、悪夢ではなかった。あれは夢ではなかった。私が台所で目にし、耳で聞いたのは実際にあったことなのだ。それは、こうして通りの真ん中でおびえ、身体が凍りついたようになっている私の耳にふたたび聞こえてきたあの話し声と同じように確かなことなのだ。

数秒間金縛りにあったように身体が動かなかった。数秒間——風が家々の窓やドアを激しく打ち叩いている果てしない時間——自分の心臓が張り裂けるのではないかと思った。私は家から逃げ出してきたばかりだった。死の冷気と眼差しを振り払って逃げ出してきたばかりだというのに、どういうわけかまたしても死と向き合う羽目になった。死はベスコース家の台所の木の長椅子に座り、火の入っていない暖炉のそばで、誰も覚えていないあの一家の記憶を見守っていたのだが、私はそうとも知らずそこの窓にもたれかかっていた。

恐ろしさのあまり、どこに向かっているのかも分からず通りの真ん中を駆け出した。身体中から冷や汗が噴きだし、枯葉と風のせいでほとんど前が見えなかった。突然、村全体が動きはじめたように思えた。走るにつれて、両側の壁が音もなく広がってゆき、屋根は肉体から遊離した亡霊のように空中を漂い、上方に広がる夜空が黄一色に染まっていた。教会の前を通り過ぎたが、そこに身を潜めようとは思わなかった。破風鐘楼が私を威嚇するように大きく傾き、地中に埋もっている鐘がまだ死んでいないと語りかけるようにふたたび鳴りはじめた。一方、ガビンの路地にある泉が急に涸れてしまったように思われた。もはや溢れる水が水路を流れてはおらず、アオサとクレソンの黒い影の間にのぞいている水は空と同じ黄色い色をしていた。風に逆らってラウロの家まで走りつづけた。イラクサのせいで身体に引っかき傷ができ、キイチゴが足に絡みついたが、まるで私を立ち止まらせようとしているように思われた。ようやくたどりついたものの、疲れはて、息が切れていた。途中何度か倒れそうになった。家々や果樹園の塀から遠く離れた野原まできたところで足を止め、あたりを見回した。空と屋根は白熱する光の中で燃え上がってひとつに溶け合い、風は家々の窓とドアを激しくうち叩いていた。夜、木の葉とドアが果てしなく咆哮《ほうこう》する中で、無限につづく悲しみの声が村全体を揺るがしていた。わざわざ引き返さなくても、すべての家の台所に死者たちがいることは分かっていた。

あの夜は一晩中さまよい歩いたが、いつも通る道には近づかなかった。五時間以上夜明けを待ちつづけたが、ひょっとするともう夜明けがこないのではないかという不安に襲われた。恐怖に駆られて山の中をあてどなくさまよった。サンザシのトゲで服が裂け、気力と体力が少しずつ衰えていった。しかし、自分では何も感じていなかった。風のせいでほとんど目が見えず、狂気に駆られて夜と絶望の彼方まで歩き続けた。ようやく夜が明けはじめた。私は村から遠く離れたエラータ山の山頂にいた。そばには打ち捨てられた家畜の水のみ場があったが、ここ何年ものあいだ家畜の姿を見かけたことはなかった。

それでも私はキイチゴの茂みの中に腰を下ろして、日が昇るのを待った。母は夜が明けると姿を消すので、村ではもう誰も私を待っていないはずだが、立ち上がれないほど疲れていた。しかし、少しずつ元気が出てきた。たぶん少しうとうとしたのだろう。エラータ山の黒い雲を切り裂いて太陽が姿を現すのを見て、村に帰ることにした。明るい陽射しの中、山を下って昨夜通った道を引き返した。風はすでにおさまっていて、深い静けさが山々を穏やかに包んでいた。川の流れている谷底に目をやると、夜明け時の穏やかな雰囲気の中、アイニェーリェ村の屋根が霧の中を漂っていた。家の建ち並んでいるあたりまで来ると、雌犬がそばによってきた。道ばたの灌木《かんぼく》の間から突然現れたのだが、恐怖のあまりおびえ、ぶるぶる震えていた。雌犬はあそこに一晩中隠れていたのだ。私の姿を見かけると、そばに近づいてきて、事情を説明してほしいというように私をじっと見つめた。しかし、何も言ってやれなかった。あの犬がこちらの言うことを理解できるとしても、自分にも分からないことを説明できるはずがなかった。実を言うと、今回のことはおそらく何もかも夢、それも不眠と孤独から生まれた不気味で苦しい悪夢でしかなかったのだろう、あるいは、そうでないのかも知れない。いや、ひょっとするとあの夜目にし、耳で聞いたことは、こうして果樹園の塀を見、まわりでさえずっている小鳥の声を聞いているように、本当にあったことで、あの黒い亡霊たちが台所で私の帰りを待っているかもしれない。しかし、犬がそばにいてくれたおかげで、村に入り、自分の家にゆっくり近づいてゆくだけの力が湧いてきた。通りに面したドアは出てきた時のまま開きっぱなしになっていて、廊下の奥からはいつものように深い静寂が漂ってきた。私は迷うことなく中に入っていった。立ち止まって、あの夜とそれまでの多くの夜にこの目で見、耳で聞いたように感じたことを思い出したりはしなかった。玄関を抜け、家の中に入ったが、心の中ですべては妄想だ、台所で自分を待ち受けているものなどいるはずがない、昨夜の出来事は何もかも現実にあったことではなく、不眠と狂気が生みだした恐ろしい産物だったのだと考えていた。事実、台所には誰もいなかった。木の長椅子にはいつものように誰も座っていなかったし、窓から射し込む光が長椅子を照らしていた。けれども、なぜか暖炉では、寝る前に自分の手で消したはずの火が赤々と燃え、奇妙な謎めいた光を投げかけていた。

何カ月か過ぎたが、二度とあのようなことは起こらなかった。毎晩台所に腰をおろし、ドアがひとりでに開いて母がふたたび姿を現すのではないかと思いながら、物音に耳を澄ましていた。しかし、平穏な台所と私の心をかき乱すような出来事は何一つ起こらないまま冬が過ぎていった。そのうち春が訪れ、雪が溶けはじめて、日脚が長くなりはじめると、母は私の想像の中に存在しているだけだから、二度と姿を現すことはないだろうと確信するようになった。

しかし、母は戻ってきた。夜、だしぬけに。雨の日に。あれは九月の終わり頃で、道に面したガラス窓の向こうの大気は黄色く色づいていた。木の長椅子に腰をかけ、最初の日と同じように黙って私を見つめていた。

以来今日まで、母はしばしば戻ってくるようになった。時にはサビーナと一緒に。時には家族全員に囲まれていることもあった。長い間、私は彼らの姿を見まいとして村のどこかに隠れたり、何時間もあてどなく山の中をさまよい歩いたりした。長い間、私は彼らを避けていた。それでも彼らはやってきたが、だんだんその回数が増えていった。結局私はあきらめて彼らと昔の思い出や台所の温もりを分かち合うようになった。今、死がこの部屋のドアのまわりをうろつき、大気が私の目を少しずつ黄色に染めている。そんな中、家族のものが火のそばに腰をおろして、私の亡霊が永遠に自分たちの一員になる時を待っているのだと考えると、心が慰められた。

11

私は自分の死を以下のように想像していた。つまり、突然血管の中に霧がたちこめ、血液が一月の峠の泉のように凍りつく。すべてが終わると、私の霊魂が肉体から抜け出して、暖炉のそばの自分の席に降りてゆく。死というのはたぶんそれだけのことだろうと考えていた。

死をそんな風に考えてきた。死がまだずっと先のことだと思っていた頃も、そう考えていた。しかし、死が迫ってきて残された時間が少なくなり、霧がベッドの支柱と私の記憶を包み込むようになった今、私は目を閉じて、過ぎし日々のことを振り返る。とたんに、私の霊魂はあの時以来ずっと家族の亡霊と一緒に、火のそばに座っていたのではないのだろうかという思いにとらえられる。

そう考えたのはこれがはじめてではない。実を言うと、母が最初に姿を現したあの夜かおそんな風に思っていた。自分もすでに死んでいて、その後に経験したことはすべて沈黙の中に消えてゆく記憶の、最後の木霊でしかないのだという、漠然としたとらえどころのない思いを抱いていた。

母が最初に姿を現した夜から、私は二度と鏡を見なかった。ポーチの梁からぶら下がっていた鏡、時々髭を剃る時に顔を映し、そこに老いと死が色濃く影を落としているのを見出した小さな鏡は、あの夜突然風に吹かれ、地面に落ちて割れてしまった。村のあちこちに落ちている鏡は割れているか、時の酸化作用のせいで何も映らなくなっていた。中には、沈黙のほこりを拭い取ってやれば、まだ視線を返してくるものもあったにちがいない。けれども、そのひとつのほこりを払い、真実と正面から向き合うだけの勇気がなかった。鏡の向こうにはきっと深淵がぱっくり口を開けているはずだが、最後の土壇場になるとそれをのぞいてみようという気持ちが萎えてしまうのだ。

母がはじめて姿を現した夜以後、私はアイニェーリェ村から外に出ることはなくなった。実を言うと、以前は時々村の外に出ていた。四月になると、皮革を売った金で食料と弾薬を買うために一度はパリャルスの店に立ち寄ったし、九月には袋に詰めた果実を市場で売るためにブロート、あるいはサビニャニゴまで二度ばかり足を伸ばしたものだが、その実もたくさん出来すぎて、今ではアイニェーリェ村の木の枝で腐っている。しかし、そういう時もすぐ村に引き返した。長いあいだ村を空けたくなかったのだ。以前、犬を連れて山に入った時に起こったようなことが、私のいないあいだにまた繰り返されるのではないかと心配でならなかったのだ。

あれは五年前の八月のある午後のことだった。あの午後からこちら、私の生活にはいろいろなことが起こった。その中にはおそらく私自身の死も含まれるだろうが、それでもあの午後に起こったことは今も変わることなく鮮明に覚えている。たとえば、モテチャールから吹いてくるそよ風、ハリエニシダや前日にいろいろな罠を仕掛けておいたタイムの茂みの香しい薫り。また、エスピエーレ村からゆっくりと立ち昇り、黒く輝きはじめたあの雲のことなどもはっきり覚えている。あの雲のせいで私はいつもより早く、正午頃にアイニェーリェ村に引き返すことにしたのだ。まるで空が今起こっていることを告げ、あの黒い輝きが否応なく光と嵐の直中へ私を押しやってゆくように思われた。村はなかなか見えてこなかった。降りしきる雨のせいで目が見えず、そよ風が突然激しい突風に変わって、衣服が身体にまとわりついた。村まではまだ距離があったが、モテチャールの羊飼いの小屋がある古い街道から見ると、アウレリオの家のポーチに馬がつないであった。最初はびっくりした。長年この村を訪れてきたものはいなかった。サビーナの埋葬が済んでからは、忘却と死の支配するこの世界に踏み込んできたものなどひとりもいなかった。風に逆らって家の建ち並ぶ村の中をゆっくり歩きながら、アウレリオの家にいるのは誰で、中で何をしているのか確かめてやろうと考えた。すぐに事情が呑み込めた。馬のそばに行くと――その間雌犬は私の背後で、敵が襲ってこないよう吠え立てずに目を光らせていた――、誰かがその馬でアイニェーリェ村までやってきたことが分かった。ドアの両側に家具が積み上げてあり、通りの真ん中には道具類が並べてあったが、袋にでも詰めるつもりだったのだろう。中にいるのが誰か確かめてみようと思ったが、ポーチで銃を構えて待ち受けているほうがいいだろうと考え直した。アウレリオは私の姿を見たとたんに、凍りついたようになった。彼は、久しぶりだなというような曖昧な挨拶の身振りをしたが、私の冷ややかな態度を見て、とても返事などしてもらえそうもないと考えたようだった。数秒間、私たちは黙ったまま睨み合っていた。以前、今いるここで私たちは永遠の別れを告げたが――次の日の朝、彼は村を出て行った――、アウレリオはその明け方のことをまだ覚えていた。しかし、私はあの時のことを覚えていなかった。あれから長い年月が経ち、私の目が忘却のせいで曇っていたせいか、歳月がその顔に刻みつけた跡のせいで、彼だと分からなかったのだ。だから、私は片側に身を寄せると、銃で狙いをつけたまま彼から目を離さなかった。だから、黙って何も持たずに村を出てゆくように合図した。彼が馬の手綱を引いて木立のあいだに姿を消すと、ここにあるのはあんたの家でも、村でもない、だから二度と戻ってくるんじゃないという思いをこめて、雨空に向かって銃を撃った。

結局アウレリオとその息子たちが引き取りに戻ってこなかったので、道具類と家具は路上で朽ち果てていった。アウレリオはおそらくベルブーサ村で、私に殺されそうになったと触れまわったのだろう。あの出来事があってからは、羊飼いでさえ以前のように羊を連れて谷の境界を越えて、こちらにやってくることはなくなった。私も境界を越えることはめったになかった。いつだったか、食料を買うために境界を越えて近くの村まで行ったことがある。村人たちは私を見てびっくりしたような顔をしたが、その後すぐ彼らの顔に恐怖と不信感が浮かび上がった。以前のように寄る辺ないひとり暮らしの老人が歩いているとでもいうようにこちらを見るものはいなかった。たまたまこちらを見ても、狂人を見るような目つきをしていたし、扱いも狂人に対するそれと変わらなかった。私が通ると、あわてて窓の向こうに姿を隠した。しかし、別に気にならなかった。みんなが後ろからじろじろ見ていることは分かっていたが、知らん顔をしていた。私はひとり暮らしに慣れていたので、人としゃべるよりも口をきかないでいる方が楽だったのだ。

母が戻ってくる数日前から、私は誰とも口をきかなくなったし、話しかけられることもなくなった。あれはアウレリオのことがあった次の冬のことだった。あの年は自分の忍耐力と運だけを頼りに冬を乗り越えなければならなかった。実を言うと、そうするよりほかに仕方がなかったのだ。前の夏に孤独に耐えてきたせいで、身体がすっかり衰えていた。冬場は何カ月間も雪に閉ざされるので、その間何とかやってゆけるだけの食料と生活必需品を買うために、例年なら九月に入るとビエスカまで降りてゆくのだが、あの年はそれだけの体力が残っていなかった。

奇妙なことに、あの年の秋は静かで穏やかだった。いつもならエラータ山から風が吹き寄せてくるはずなのに、まだ吹いてこなかったし、雨も十一月一日の諸聖人の日まで降らなかった。おかげで、十月に果物やジャガイモを収穫したり、夏まで持つだけの薪を切ることができた。一方、食料貯蔵庫には前年の冬の食料が多少残っていたし、あちこちに仕掛けた罠にはいくらでも獲物がかかったので、次の春までは問題なく耐えられそうに思えた。

しかし、十二月に降った初雪が大雪になった。記憶にある中でももっともひどい大雪のひとつだった。丸一週間というもの、アイニェーリェ村に夜となく昼となく降りつづいた。子供の頃に経験した大雪の時は村人たちが家の窓から出入りし、犬たちは馬小屋の通路や屋根の上からうるさく吠えていたが、今回はそこまではゆかなかった。しかし、一カ月間家の中に生き埋めにされたような状態で暮らさなければならなかった。

何よりも困ったのは、獲物をとる罠や仕掛けが雪に埋もれてしまったことで、食料貯蔵庫に残ったわずかばかりのものを食いつないで生き延びてゆかなければならなかった。

最初に小麦とベーコンが、次いで干し肉がなくなり、クリスマスの頃には最後に残ったインゲン豆とオリーブ油も切れてしまった。クリスマスの日は、食料貯蔵庫に残っているものを大鍋にぶち込んで煮込み料理を作った。誰もこないと分かっていたが、豪華な料理を作ってあの日の夜を迎えたかったのだ。その後、生き延びるための本当の戦いがはじまった。何日ものあいだ、ジャガイモとクルミだけで飢えをしのいだ（食料貯蔵庫の中は湿度が高くて、櫃に入れてあった残りの果物は腐敗しはじめていたし、収穫するのを忘れた果樹園の果物は私と同じように一メートルばかり積もった雪の下に埋もれていた）。十二月の終わりから一月いっぱいにかけては、残ったものを食いつないで何とか切り抜けた。ジャガイモを煮たり、熾火で焼いたあと、それを窓辺の冷たい風の吹き込むところに置いて冷やし、サビーナが生きていた頃のように台所に座って、そのジャガイモを雌犬と分けあって食べたが、それしか食べさせてやるものがなかった。

しかし、ジャガイモも底をつきはじめた。雪は溶けるのを拒むかのようにドアの向こうで凍りついたまま動かなかった。静かで虚ろな、何の変化もない日々が過ぎていったが、それにつれて山に入る可能性も徐々に遠ざかり、消えてゆくように思われた。雪の積もっているあいだは、山に入っても何もできなかった。嵐のせいでノウサギはおそらく谷の方へ逃げてしまっているだろうし、イノシシは私と同じように巣穴にこもって、山を自由に駆け回れる日がくるのを待っているにちがいない。一月の終わりにまた雪が降り――しかも、この後また降るはずだった――、そのせいで一縷の望みも絶たれて、急に言いようのない無力感に襲われた。それは今までに経験したことのない感情だった。最初のうちは言葉で言い表せない、遠くにある漠然とした疑念のようなものだったが、それが降り積もる雪とともに徐々に大きくなってゆき、息もできないほど濃密なものに変わった。それまでにもひどく苦しい思いをしたことがあるし、サビーナが死んだ時やこの家にたったひとり取り残された最初の夜のように、今よりも苦しい状況に追い込まれたこともあった。しかし、自分が飢えと真正面から向き合うことになるとは夢にも思わなかった。

二月のはじめには、苦しくて耐え切れなくなった。このままでは飢え死にするしかないと考えて、一回に食べる分を徐々に減らしていった。さらに、それまで考えもしなかったようなことまでやってのけた。つまり、村中を、とりわけ空き家になって間もない家にもぐりこんで、生き延びるのに必要な食べ物を捜すことにしたのだ。思った通り、ほとんど何も残っていなかった。櫃《ひつ》に残ったわずかばかりの小麦粉、どう見ても食べられそうにない錆びついた缶詰、最初の日にガビンの家で見つけた大袋に入ったインゲン豆。からからに乾燥し、皺だらけになったそのインゲン豆――あの家の主人は五年以上前に亡くなっていた――をジャガイモの皮と一緒に煮て、雌犬に食べさせた。実を言うと、あの犬のことがいちばんの気がかりだった。こんな風にして死ぬのかと思うと、無性に腹が立ってきたし、こんな死に方だけはしたくないという気持ちもあったので、二、三週間は持ちこたえられそうな気がしたが、雌犬に私のそんな気持ちが分かるはずもなかった。雌犬はサビーナが死んだあと数カ月間そうしていたように、ポーチに寝そべって夜となく昼となく悲しそうな声で鳴いていた。

あの頃雌犬は、サビーナが死んだ時と同じような奇妙な行動をとったが、これは単なる偶然の一致ではない。窓の向こうには同じ雪景色が広がり、静寂が家の隅々まで浸透していたが、何もかもあの時と同じだった。また、台所の火のそばにいる私もあの時と同じように無力感に襲われて、黙りこくっていた。今になってそう考えるようになったわけではない。雪を掻き分け、辛い思いをしてベルブーサ村まで降りていった時もやはり同じことを考えていた。サビーナが死んだ時、通夜をし、翌日埋葬してやるのに人手が要ったので、ベルブーサ村まで苦労して雪道を降りていったが、あの時もそうだった。あれから何年かたったが、今回もやはり助けを求めて村まで降りていった。食料を少し分けてもらう必要があったのだ。明日こそ行こうと思いながら、一日延ばしに延ばしていたが、雪と雌犬を見ているうちに耐え切れなくなって、意地も誇りも捨ててベルブーサ村まで行くことにした。

私の姿を見たとたんに、ベルブーサ村の犬たちが道路に飛び出してきた。私が村にいるあいだ、つきまとって離れようとしなかった。まるで乞食か浮浪者を見つけでもしたように、すぐそばまで寄ってきて恐ろしい歯をむき出して吠え立てたが、おびえ、苛立っていたのだ。村人たちは犬がうるさく吠え立てているのに、素知らぬ顔をしていた。少なくとも、誰一人ドアを開けようとしなかったし、外の様子を見ようと顔をのぞかせるものもいなかった。この村も廃村になってしまったのだろうか。近隣の村と同じように、ここの住民も村を捨てて出て行ったが、その時に飼い主に銃で撃ち殺されなかった犬たちが、主人の家と家財を守ろうとしているのだろうか。そんなはずのないことは分かっていた。ベルブーサ村にはまだ六家族残っているはずで、今沢山の目が窓の向こうからこちらの様子をそっとうかがっているにちがいなかった。

私は人気のない寂しい通りを犬のように長いあいだうろつきまわった。山間にある自分の村とちがって、こちらでは雪がすでに溶けはじめていて、ポーチには犬の足跡にまじって姿の見えない人の足跡がついていた。そこには、足跡しかなかった。しかし、通りからでも廊下の奥をしのび足で歩いている足音やカーテンの向こうでひそひそ話し合っている声が聞こえたし、沈黙がつづく中、私がうろついているので、村人が不安そうにしている気配が感じとれた。彼らはサビーナが自分の命を断った日のことを覚えていて、あれから何年もたって私が雪道を下ってベルブーサ村までやってきた理由をあれこれ憶測していたのだろう。中には私の腰に巻いてあるロープを見て、あの男もやはり自殺したにちがいない、目の前にいるのはその亡霊で、今夜村にやってきたのは住民にアイニェーリェ村まできて、自分の遺体を埋葬してほしいと伝えるためなのだ、と考えたものもいただろう。むろん、あの時私はまだ生きていた。ひとり暮らしをしていたせいで、ゆるやかな夢を見ているように感覚は鈍くなっていたが、意識はまだはっきりしていた。犬が通りの真ん中にいる私のまわりを囲んでいたが、その犬の視線と、吠え声が少なくなったせいで生まれた沈黙の壁がはっきり感じ取れた。村が静まり返っていたので犬たちも戸惑っていた。私が村を歩き回っているあいだ、犬も後についてきてうるさく吠え立てていたが、村人は誰ひとり姿を見せなかった。村はずれにある一番端の家まで来ると、犬たちはこれだけ吠えれば、いつもなら主人が出てくるはずなのに、今日はどうなっているんだろうと怪訝そうに私を見ていた。しかし、犬とちがって私には事情が分かっていた。犬が壁のように立ちはだかって私を脅かしているのもかまわず村に入り、端から端まで歩いて何軒かの家のドアをノックしたが、返事は返ってこなかった。つまり、ベルブーサ村では誰も私を迎えてはくれないのだ。そうと分かって、私は引き返すことにした。

山を降り、恥をしのんで助けを求めたのはそれが最後だった。以来、私の誇りと追憶が明確に引いた境界線を越えることはなかった。山を降りる時にできた雪道の跡をたどって家に戻ったが、そのドアだけが私のために開かれていた。家についた時、あたりは真っ暗になっていた。空は凍りつき、雪明かりのせいであたりは奇妙な明るさに包まれていた。私は犬と一緒にポーチの長椅子に座り、明け方まで夜空を眺めた。

12

そこが私にとって、終《つい》の住処《すみか》となった。通り過ぎて行く雲を見るように、ひとり、またひとりと村人が去って行くのをそこから眺めてきた。

生前のある日、父は、日々が押しとどめようもなく過ぎ去っていくのを眺めていたことがある。私は今、その場所から村と私の肉体が崩れ、滅びていくのを静かに見つめながら、悲しむことも、苛立つこともなく今日の日がくるのを待ち続けた。最後まで私に付き従ってくれたのは雌犬だけだった。あの雌犬と、私と同じように陰気で寡黙な上に、孤独で人から忘れ去られた川だけが私に付き従ってくれた。私の一生はあの川の流れとともにあり、川はこの先私よりもずっと長く生きつづけるだろう。

近年、よく川岸まで降りて行くようになった。寂しさに耐え切れなくなって昔のことを思い出しても、孤独感を振り払うことができなくなると、仲間が欲しくなって川岸まで降りて行った。以前は村人がアイニェーリェ村から出て行くと聞くと、朝の別れが辛くて、時には夜のあいだに粉挽き小屋に身を隠すこともあった。川は静けさと隠れ場所を提供してくれた。子供の頃からの遊び場だった川のことは知り尽くしていたので、昔のようにひとりきりになれる物陰はいくらでも見つかった。けれども、私が今そこで捜し求めているのは孤独ではなかった。孤独は家の中や私のまわりの大気をはじめいたるところに充満している。私に慰めと安らぎをもたらしてくれるのはハシバミやポプラの木立のある川岸だけだった。

自分でも理由はよく分からなかった。ひょっとすると、川面を撫でる木の葉のざわめきのせいかもしれない。あるいは、木々の幹の影がひとつになって、私の記憶と視線を混乱させるせいかもしれない。エラータ山のカシワの森やバサランの松林にいる時もそうだが、川岸の木立にいるといつも自分はひとりぼっちではない、あの影の中に誰かがいるという思いにとらえられた。幼い頃もよくそんな気持ちになったが、歳をとるにつれてそういうことがなくなった。ふたたびそんな思いがよみがえってきたので、人影ひとつないアイニェーリェ村と道を通り過ぎて行く過酷な日々に耐えることができたのだろう。

エラータ山やバサランの森とちがって、川岸の木立の中にいると、自分がひとりぼっちではないという思いが強くなる。事実、川岸の木立の中には自分の影のほかにも沢山の影があり、泡を立てて流れている急流の果てしない瀬音がつぶやきに似た言葉や音となって聞こえてくる。さまざまな影があることに気づいていたのは私だけだった。それはじっと見つめると煙のように消えてしまうので、現実には存在していないように思われた。けれども、犬の鳴き声——水面から聞こえてくる悲しそうな呻き声、中にはアイニェーリェ村の住民が川に流してきた子犬たちの鳴き声もまじっていたが——、その鳴き声を私と同じように雌犬も聞いていたにちがいない。雌犬がおびえたように吠えるのはそうした犬の鳴き声にまじって、川の淵のすぐそばで同じ腹から生まれた六匹の兄弟たちの鳴き声を聞き取ったからだろう。その六匹の子犬は、生まれ落ちるとすぐに私が袋につめて川に流したのだ。

雌犬は結局自分の兄弟の顔を知らないまま育ったのだから、かわいそうといえばかわいそうだった。殺されずに済んだのは彼女だけだった。目が見えるようになった時、兄弟たちはすでに袋につめられておそらくは何百メートルも下流のガマとイグサに囲まれた深い淵で腐敗しかけていた。実を言うと、雌犬は同じ仲間の犬をほとんど知らなかった。母犬のモーラは長生きした上に子供を産みすぎたせいで、雌犬とその兄弟を産み落としたあとに死に、犬たちでさえ見限ってしまった村の通りでたった一匹で育った。サビーナがあの雌犬の本当の母親だった。サビーナは毎日山羊の乳を飲ませ、子犬の頃には、夜冷え込んだりすると、かわいそうだというので私たちのベッドで寝かせてやったりした。しかし、そのサビーナも雌犬に名前を付けることなくあの世へ旅立ってしまった。実を言うと、私たちはそんなことを考えもしなかった。村にはほかに犬がいなかったので、名前をつけてほかの犬と区別する必要はなかったのだ。

信じられないことだが、名前もなければ親兄弟もいないあの犬、たまたまいちばん最後に生まれたおかげで命拾いした、当時まだ目の見えなかった子犬がやがて大きくなって、私の唯一の同伴者になって最後まで付き添ってくれたのだ。村に誰もいなくなった後も、彼女だけが私と一緒に残ってくれた。ベルブーサ村へ行ったのが最後で、以後私は家に閉じこもり、二度と村を出ることはなかった。彼女はいつ何時私に捨てられるかもしれないというのに、気にかける様子もなく私とともに村にとどまった。雌犬は私が晩年を過ごしたポーチの長椅子の下に寝そべり、私と運命を共にしてくれたが、見返りと言っても時々頭を撫でてもらうか、食べ物をもらうくらいのものだった。

日が経つにつれて、彼女も時間の感覚をなくして行ったのだろうか？　表情には出なかったが、心の中では流れて行く時間を押し止めることができないせいで心細い思いをしていたのだろうか？　私にはなんとも言えない。雌犬は長椅子の下の、私の足元に寝そべったり、私の後について村の中をあてどなくさまよったりしたが、生気を失ったその日にはいかにも退屈しきったような表情が浮かんでいた。ただ、山に入った時だけは元気になった。山に入ったり、夜にエラータ山の尾根を越えて行く狼の遠吠えが聞こえたりすると、雌犬の目は生き生きと輝いた。けれども、それもほんの一瞬のことで、家に戻ると、たちまち無力感に打ちひしがれたようになった。日毎にそれが顕著になり、絶望感に襲われて、何があっても反応を示さなくなった。おそらく私と同じ状態におちいっていたのだろう。時間は穏やかに過ぎて行った。家々と木々のあいだを時間はゆっくり変わりなく流れていた。瓶に入ったアルコールが蒸発するように、気がつかないうちに時間は私の手の中から消えていった。

時間は川と同じように流れて行く。最初は物憂げで弱々しく見えるが、年が経つにつれて速度を増して行く。川と同じように、幼年期の柔らかいアオサや苔が絡みつく。川と同じように、早瀬や滝を下るとともに速度を増して行く。二十代、あるいは三十代頃までは、誰もが時間を無限の川、自らを糧にして、永遠に尽きることなく流れる奇妙な物質であるかのように思っている。しかし、それがまちがいであったことに気がつく。その時が必ずやって来る——私の場合は、母の死がそれだった。青春が突然終わりを告げ、時間は雷に打たれた雪の塊のように溶けはじめる。以後二度と元のようにはならない。それからは、日々と歳月が短くなりはじめ、時間は溶けはじめた雪が崩れて行くように儚い蒸気に変わり、人の心を徐々に包み込んで眠らせる。そのことに気がついて、抵抗しようとしてももう間に合わないのだ。

最後の住民が村を捨てて出ていったあの日、私は自分の心がすでに死んでしまっていることに気がついた。それまでわき目もふらずに働き、いつも家や家族のことを気にかけていたので——もっともそうした苦労も結局報われなかったが——、自分が老いはじめたことにまったく気がつかなかった。フリオ家の人たちが村を離れるために最後の片づけをし、黄色い雨が静かに川面に降り注いでいたあの夜、私は粉挽き小屋に隠れたが、その時突然自分の心もあの雨にとっぷり浸されていることに思い当たった。その後、サビーナの事件が起こった。以後、ひとりぼっちになった私は、過ぎ去った歳月の重みのせいで自分が確実に崩壊して行くのを、手を拱いて見ているしかなかった。

よその村へ行っても何も手に入らないと分かって、ここ数年はアイニェーリェ村から一歩も外へ出なかったが、そうして誰にも会わずひとりぼっちの生活を続けているうちに、時間感覚が失くなり、今日が何月何日なのか分からなくなった。サビーナを亡くした最初の冬に、言いようのない奇妙な混乱状態におちいったが、それとはまたちががった感じだった。要するに、前日に何があったのか思い出せなくなったのだ。前の日が本当にあったかどうかさえ分からなくなった。それだけでなく、時間が血管の中の血とともに断続的に流れているかどうかさえ分からなくなった。以前はそれがはっきり感じとれたのに、今では感じられなくなった。まるで時間が突然止まったような感じがした。自分の心がアイニェーリェ村の木の枝で腐っている果実のように完全に腐敗し、その上を日々がとどまることなく通り過ぎてゆくのに、ほとんどそれと感じとれなかった。最初のうちはまだ経験したことのないそういう思いに戸惑いを覚えた。そのうち夜になると不安に襲われて、眠ってしまうとこのまま二度と目が覚めないのではないのかという恐怖にとりつかれ、ベッドの上で寝返りばかり打って悪夢でも見ているように一晩中まんじりともできなかった。しかし、それにも慣れて、めくるめくような不安に身を任せるのが一種快感のように思えはじめた。子供の頃、川遊びをしている時に、水に飛び込みそのまま流れに身を委ねる。すると、だんだん流されて、粉挽き小屋の地下の水路の方へ近づいてゆくのだが、そこに引き込まれたら最後、二度と戻ってこられない。あの時はちょうどそんな感じだった。ポーチ、あるいは台所に腰をおろし、静かな、あるいは感情のこもらない目で風景の一点なり明かりをじっと見つめていると、安らぎと危険の入り交じった同じ感覚がふたたびよみがえってくるのだが、それが私を混乱させ、戸惑わせた。

川の場合は、流れに身を任せても、最後の瞬間に身を翻して逃れれば命を失うことはない。しかし、今は流れが自分自身の中にあるだけに始末が悪い。自分では感じていないが、時間は私の血管の中を見えない川のように流れており、時間がいよいよ尽きようとする時に流れはいっそう速くなって、目の前にある死の底知れぬ無限の地下水路へと人を引き込んでゆく。そうなると、いくらあがいても逃れることはできないだろう。時々、沈黙よりも孤独感に耐え切れなくなることがある。そんな時には、亡霊たちがひどく身近で、暴力的なものに感じられるので、ポーチ、あるいは台所のいつもの場所から逃げ出して、何時間も川岸を当てもなく歩きまわった。そうすると、私の血管を流れる死の水のつぶやきを忘れることができるのだ。

物覚えが悪くなっている上に、晩年は霜が溶けるように記憶がぼやけはじめたので、いつのことかはっきり覚えていないのだが、その頃のある日、川べりに腰をおろしていると、いつの間にか日が暮れていた。十一月か十二月の寒い午後で、凍てつくような風が川上から吹きおろしてきたし、ポプラの木はすでに葉を落としていた、私はそこに何時間もじっと座っていた。イグサのあいだに寝そべっていた雌犬が、今日はどうして暖炉のそばに戻らないのだろうと怪訝そうな顔をしていた。犬もおそらく寒かったのだろう。それでも私は上着にくるまり、川岸の木々が夜の闇に包まれてゆくのを見つめていた。肺の中に冷気が、川の冷気よりも強い冷気があるのを感じていたが、家に戻って一言も口をきかない母と台所で顔を合わすのが急にわけもなく恐ろしくなった。母がいることはあまり気にならなくなっていたし、毎晩母と昔の思い出を分かち合い、一緒に火に当たるのもべつに苦痛ではなかった。けれども、死者特有の青白い顔をし、一言も口をきかない母を見ると、はじめて会った時と同じように気が滅入ってくるのだ。

夜が川面を少しずつ覆って行き、ポプラの木のシルエットと私の不安を薄闇の中に包み込んで行く。夜の訪れとともに川は突然新しい命を得たようになった。風がイグサのあいだで吠えはじめ、早瀬が泡から生まれる苦悩に満ちた果てしないこだまを穏やかに消してゆき、激しい水の流れに代わって影と物音の混ざり合った判然としないざわめきがあたりを包み込んだ。木の葉、鳥の翼、つぶやき、呻き声、そういったものが風や早瀬の音とひとつに溶け合い、川全体が神秘的で脅威に満ちたものに変わった。犬が寄ってきて、私のそばに座った。耳をぴんと立て、緊張で身体をこわばらせていた。私に付き添うつもりだったのか、ひとりでいるのが不安だったのかは分からない。ひょっとすると、イグサのあいだから押し殺したような唸り声が聞こえてきたのかもしれない。私もあの場所にじっと座っていることができなかった。母がいつものように台所で帰りを待っているにちがいなかった。村の方から漂ってくる芳しい煙の匂いで、母が暖炉に火を入れたことが分かった。私の帰りが遅くなれば、母はきっと川まで捜しに来るだろう。母がやってくる前に私は立ち上がると、街道に出た。自分でもなぜなのか、どこへ行くのか分からなかったが、小さな橋を飛び越えると、煙が漂ってくるのとは逆方向に歩きだした。

雌犬は戸惑ったように私を見つめ、橋を渡る時も後についていったものかどうか迷って一瞬足を止めた。しかし、その後すぐに私に追いつき、一緒に山道を登りはじめた。私たちはベルブーサ村に通じる道をゆっくり進んだが、やがてカシワの林に入り込んだ。暖炉の煙と川の匂いが少しずつ遠ざかってゆくのが分かった。暗い夜だった。たぶん私の記憶のある中でもいちばん暗い夜だったにちがいない。あの日は雲が一日中重く垂れこめていた。ただでさえ薄暗いのに、カシワの林に入り込んだのであたりが真っ暗な闇に閉ざされた。雌犬と私は道に迷ってしまった。長いあいだ元来た道を捜したが、捜せば捜すほど道が分からなくなった。なんとも奇妙な体験だった。雌犬と私はあの山のことを知り尽くしていた。それまでに何度となく登ったことがあったので、目をつむっていても登り坂がどこにあり、どこにどんな木があるか覚えていた。しかし、あの夜はどういうわけか二人とも自分たちがどこにいるのか見当もつかなかった。ハリエニシダとカシワの木が面白がって場所を変えて私たちを惑わそうとしているのか、あるいは突然私たちのまわりの世界が様相を変えて、ベルブーサ村に通じる道が足元で消えてしまったように思われた。どれくらい道を捜していたのか覚えていない。ひょっとすると捜している時に道を横切ったが、気づかなかったのかも知れない。いずれにしても、坂を登り、角を曲がったところで突然目の前に、ソブレプエルトの古い家の焼け焦げた材木と崩れ落ちた壁が現れたことだけは覚えている。

疲労のあまりあの家と道のそばにあるカシワの木の根元に倒れ込んだが、そこは草むらになっていた。息をするのも苦しいほど疲れていた。雌犬も息をあえがせながら私と同じように草むらに寝そべったが、不安そうにあの家から片時も目を離そうとしなかった。あの場所をひどく嫌がっているようだった。身の毛のよだつほど恐ろしい火事――火元はどうやら暖炉のようだった――のせいで、眠っている家族と小屋にいた家畜が炎に呑み込まれたが、当時雌犬はまだ生まれていなかった。雌犬だけではない。その母親のモーラも、モーラの母親のその母親もまだ生まれてはいなかった。にもかかわらず、無惨な姿に変わった壁や長い年月が経ったというのにいまだに焼け焦げた匂いのする梁を見て、雌犬は不安そうな表情を浮かべた。私も同じ思いを抱いていた。火を消すためにアイニェーリェ村とベルブーサ村の住民と一緒にここまで登ってきたが、当時私はまだ十五歳だった。村々の鐘が明け方まで休みなく鳴り響いていたのを覚えている。あの時、小屋に閉じ込められていた家畜が聞くに堪えないほど苦しそうな鳴き声を上げ、あの一家の老婆が狂ったように泣き叫び続けていたが、あの時のことは私の記憶に深く刻み込まれている。老婆は髪の毛も顔も完全に焼け焦げていたが、それでも一時間ばかり生きていた。だから、ベルブーサ村へ行く時や帰りにあのあたりを通る時は、必ず十字を切り、足を早めるようにしていた。しかし、あの夜、犬と一緒にカシワの林の中に座っていた時は、そばにあの家の壁が見えているのに別に不安な気持ちにはならなかった。それどころか、心が安らぎ、穏やかな気持ちになっていた。山の中を道に迷って何時間もさまよった後、やっとのことで自分の家に帰る目印になる道を発見できたせいだろう。

ようやく体力が回復したので、立ち上がって家に帰ろうとしたが、その時あの家の焼け焦げた壁のあいだから身の毛のよだつような老婆の泣き声が聞こえてきた。雌犬が狂ったように吠えはじめ、乾いた悪寒が全身をかけ巡った。私は気力を奮い立たせてあの家の方に向き直ると、そちらに二、三歩踏みだした。老婆の姿が見えるのは、心正しいごくわずかな人だけだろう。老婆はあの日からずっと誰かが助けにきてくれるのを待ち続けていたとでもいうように、哀願するような目で私をじっと見つめたままこちらに向かって歩いてきた。

あの老婆にまちがいなかった。あの時と同じずたずたに裂けた寝巻き、まだ燃えている白髪、焼け焦げて真っ黒になった顔。私は恐ろしさのあまり後ずさりし、老婆と逆方向に駆け出した。雌犬は私の後について坂道を転がるように駆け上がってきたが、そのあいだも狂ったように吠え立てていた。突然山全体が動きはじめたように感じられた。私が駆けて行くと、カシワの木が音もなく左右に開いて行き、ハリエニシダは台所で燃えている時と同じようにパチパチ音を立てていた。ハリエニシダとカシワの木の上に濃密で気味の悪い煙が広がり、少しずつ山と私の目を覆っていった。その煙に包まれて私はふたたび老婆の姿を目にした。坂を登りつめたところで。私を待っていた。哀願する黒い影のように。私は走りながら右手の藪の方へ曲がった。しかし、老婆はそこにもいた。老婆はいたるところにいた。ひとつひとつの坂の向こうに。一本一本の木の背後に。ひとつひとつのもの影と道の曲がり角の向こうに。どこまで逃げても老婆が私を待ち受けていて、身の毛のよだつほど恐ろしい果てしない嘆きの言葉を飽きもせず繰り返していた。いくら走ってもむだだった。老婆はこう繰り返していた。ああ、水、水がほしい、殺しておくれ！　……ああ、水、水がほしい、殺しておくれ！

13

ああ、水、水がほしい、殺しておくれ！

いったい誰が言っているのだろう？　しばらく前から抑揚のない声で飽きもせずそう繰り返しているのは誰だろう？

そう繰り返しているのは老婆の声、それとも私の声だろうか？

この息づかいは？　これは私の息、それとも最後の、最後で永遠に終わることのない娘の息づかいだろうか？

煙のせいで胸が焼けるように熱くなる。喉がからからに渇き、声を出すと、その中に他人の声のこだまと自分のとはちがう息づかいが混じっている。父さん、喉が渇いた！……ああ、水、水がほしい、殺しておくれ！　……父さん、怖いよ！　……ああ、水、水がほしい、殺しておくれ！　……ああ、水、水がほしい、殺しておくれ！　……ああ、私も間もなく死んでいく。もう死につつある。喉が渇いている。熱がある、恐ろしい。私は間もなく死ぬだろう。死んだ人たちの声やこれまで吸い続けてきたタバコが私の胸を焼き焦がす。その一生ももう終わろうとしており、しかも助かる望みはないのだ。

私は起き上がって枕の上に座る。ベッドの支柱の冷たい感触を探り、ゆっくり深く息を吸い込んで、心地よい空気を肺の中に一気に送り込んでやる。意識が完全に──完全に？　──戻る前に、ふたたび老婆の、ああ、水、水がほしい、殺しておくれ！……という悲鳴が聞こえてくる。……ああ、水、水がほしい、殺しておくれ。

ああ、水、水がほしい、殺しておくれ！

アイニェーリェ村にまだ誰か残っていれば、私も老婆と同じように哀願するだろう。アイニェーリェ村に誰か残っていれば。

しかし、ここには私しかいない。私はたったひとりで死と向き合っている。

14

臨終の時には、親族や近所の人が付き添ってくれるだろうが、最後は自分ひとりで死と向き合わざるを得ない、と何度も聞かされた。生と死はその人自身のものだから、それに責任をとるのは自分しかいないのだ。命が尽きようとし、窓辺に降りしきる黄色い雨が死の訪れを告げている今になって思うのだが、もし誰かが看取ってくれたら、嘘でもいいから慰めの言葉をかけてくれたら、たとえ束の間でも私が今感じているような底知れない孤独感は消えるだろう。

数時間前から私は夜の闇にすっぽり包まれている。闇はまわりの空気と事物を消し去り、静寂が家を包み込んでいる。これこそまさに死ではないのか。今私を取り囲んでいる静寂ほど純粋なものがあるだろうか？　おそらくないだろう。死が私の記憶と目を奪い取っても、何一つ変わりはしないだろう。そうなっても私の記憶と目は夜と肉体を越えて、過去を思い出し、ものを見つづけるだろう。いつか誰かがここへやってきて、私の記憶と目を死の呪縛から永遠に解き放ってくれるまで、この二つのものはいつまでも死につづけるだろう。

いつか、誰かがやってきて、私の記憶と目を解き放つまで。しかし、いつそうなるのだろう？　私の遺体が発見されて、私の魂が肉体とともに永遠の安らぎを得るまで、どれくらい時間がかかるのだろう。

アイニェーリェ村に人が住んでいた頃は、死が村の中を徘徊《はいかい》するといってもたった一日のことでしかなかった。誰かが死ぬと、そのニュースは口伝えで村中に広がっていった。最後に聞いたものは、道に出て石ころにそれを話して聞かせた。死から逃れるにはそれしか方法がなかった。そうしておけば、尽きることのない時の流れの中でいつか、道を通りかかった旅人が何も知らずにその石ころを拾ってくれるかも知れない。私も何度か石に語って聞かせたことがある。ベスコース家の老人が死んだ時がそうだった。イサベルの夫カシミーロは身体を何カ所もナイフで刺されて死んだ。彼の遺体はある夜、コルティーリャス村に通じる道で見つかった。カシミーロは子羊を売るために山を降りてフィスカル村の市に出かけていったが、いつまでたっても子羊を売ったお金を持って帰ってこなかった。十日後、コルティーリャス村の羊飼いが堆《うずたか》く積み上げた石ころの下に埋められている彼の遺体を発見した。私は峠で羊の番をしていたので、最後にその話を聞く羽目になった。その夜、人々が寝静まった頃に私は遺体が発見された場所へ行き、彼を殺した男が遺体を隠すために積み上げた石のひとつにそのことを話して聞かせた。

サビーナが死んだ時、私は石ではなく、果樹園の木の一本にそのことを伝えた。幹がねじ曲がり、ほとんど実をつけなくなったリンゴの古木に話をしたのだ。その木は私が生まれた時、父が一緒に大きくなるのを楽しみにして井戸のそばに植えたものだった、だから、サビーナが死んだ時、あの木は樹齢六十年を数え、ほとんど実をつけなくなっていた。ところが、あの年の春に狂ったように花をつけ、秋には枝もたわわに実がなった。それは大きくて肉の厚い黄色いリンゴだったが、腐敗した死体からにじみだした液体から養分をとって沢山の実をつけたのが分かっていたので、枝なりのまま腐るにまかせて、口にはしなかった。

その液体は今私の血管の中をやさしくゆっくり流れている。私が死んでも、肉体をその液体から解き放ってくれる人はアイニェーリェ村にはいない。そのことを知っている最初で最後の人間、唯一の人間が私なのだ。私が死んだことを木や石ころに話して聞かせようにも、ここには私しかいない。むろん、今の私にそんなことができるはずがない。かといって、サビーナが死んだ時のように、ベルブーサ村まで行って、村人に私を埋葬してくれと頼むこともできない。誰かが見つけてくれるまで待つより仕方がない。鳥や苔に喰らい尽くされ、死の液体が私の記憶をゆっくり腐敗させてゆくあいだ、このベッドに横たわり、ドアをじっと見つめていることしかできないのだ。

15

時間はゆっくり流れてゆき、黄色い雨がベスコース家の屋根の影と月の無限の輪を消し去って行く。毎年秋になると必ずあの雨が降る。家々と墓石を埋め尽くす雨。人々を老いさせる雨。人の顔を、手紙や写真を少しずつ破壊してゆく雨。川岸で過ごしたある夜、その雨は私の心の中に入り込んだが、それからというもの最後まで私から離れようとしなかった。

川岸で過ごしたあの夜から、雨は日毎私の記憶を水浸しにし、私の目を黄色く染めてきた。私の目だけではない。山も。家々も。空も。そうしたものにまつわる思い出までも。最初はゆっくりと、やがて時が過ぎるのが早く感じられるようになると、その速度に合わせて私のまわりのものすべてが黄色に染まって行ったが、まるで私の目が風景の記憶でしかなく、風景は私自身を映し出す鏡でしかないかのようだった。

最初は草、家や川岸に生えている苔が。ついで空が。その後、スレートと雲。木々、水、雲、ハリエニシダ、そしてついには大地までが黒い色からだんだんサビーナの腐敗したリンゴの色に変わって行った。最初私は、それが妄想、自分の目と心が生み出した束の間の幻覚で、現れた時と同じようにすぐ消えるだろうと思っていた。けれども、その幻影はいっこうに消えなかった。それどころか、いっそう鮮明になった。これまでになく現実的で、確固たるものに変わって行った。そしてある朝、ベッドから起き上がって窓を開けると、村全体が黄色く染まっていた。

夢でも見ているように、一日中村をさまよい歩いたのを覚えている。紛れもない現実なのに、自分の目が信じられなかった。土塀、壁、屋根、家の窓とドア、すべてが黄色くなっていた。麦わらのような黄、嵐の午後の大気、あるいは悪夢の中の稲妻のような黄。それをこの目で見、感じ、手で触れることができた。小学生のころ古い校舎で絵の具を使って遊んでいた時のように、手の指も、網膜も黄色に染まった。幻影、私の目と心が生み出した束の間の幻覚だと思っていたものが、実は私がまだ生きているのと同じように現実だったのだ。

あの夜、私は眠れなかった。明け方まで毛布にくるまって窓のそばに座り、木の葉が屋根や通りを少しずつ覆って行くのを眺めていた。下のポーチでは雌犬が悲しそうな声で吠え、台所では母が忙しそうに立ち働きながら暖炉に少しずつ薪をくべていた。たぶん二人とも寒かったのだろう。明け方の五時か六時頃、二人が外に出て家並みの間に姿を消すのが見えた。生前サビーナは真夜中に狂気に駆られて雪の中を何時間も果てしなく歩き回り、雌犬はその後につき従っていたが、その時と同じだった。しかし、今回はしばらくして夜の闇が弱々しい灰色に変わりはじめた時に、雌犬だけが戻ってきた。家の窓の下で立ち止まると、はじめて私を見たとでもいうように、吠えもせずじっと私の顔を見つめた。その時、夜明けの淡い光の中で、雌犬の影もまた黄色くなっていることに気がついた。

そのことに気づいたのは、それが最後ではなかったし、いちばん辛いことでもなかった。というのも、やがて自分自身の影も黄色くなっていることに気づいたのだ。ただ、その頃にはさまざまなものの色と影が腐敗し、自分の五感がけだるくなりはじめていた。しかし、そのことをべつに奇妙だとは思わなくなっていた。腐敗しはじめたのは自分の目ではなく、光そのものだということに思い当たった。空や川の淀み、部屋の中にもその色が見えるようになったが、家の中では沈黙と湿気がねっとりとした黄色いペーストのように混ざり合っていた。空気までが腐敗しているように思えた。時間や風景も、サビーナのリンゴの木の枝に触れてだんだん腐敗してゆくように思われた。そのことに気づいた時——雌犬もすでに死んでいることに気がついたあの夜のことだが——、私はあの木を根元から切り倒そうと考えた。しかしすぐに、そんなことをしてもむだだということに思い当たった。死の液体は村全体に浸透し、家々の材木や空気を蝕み、徐々にしみこんでゆく黄色い湿気のように私の骨を侵しはじめていた。まわりのものはすべて死んでいた。たとえ心臓が動いていても、私もやはり例外ではなかったのだ。

私の心臓は今夜まで動きつづけたが、二度と安らぎを得ることはなかった。後二、三分、あるいは二、三時間のうちに——いずれにしても、夜明け前に——、古い時計のように止まるだろう。その鼓動の中で、夢がもたらしてくれるめまいを感じることはないだろう。夢とは氷のようなものだ。すべてを麻痺させ、破壊するが、自身のもっとも奥深くやさしいところに触れる人を、自分自身の中に取り込んでしまう。窓辺に座り、何度となく幼い頃の長い夜のことを思い浮かべた。あの頃はまだ孤独など存在せず、恐怖といっても間もなく訪れる夢の象徴を覆い隠すヴェールでしかなかった。目の前で夜が死の空間となって広がってゆくあいだ、私は何度となく二度と目が覚めなくてもいいから、夢の雪で目が凍りつくようにと祈ったものだった。しかし、一度もそういうことは起こらなかった。雪が私の奥深くに入り込んだ時も、あらがいがたいそのめまいをふたたび感じることはなかった。ゆるやかに過ぎてゆく夜は無限につづくように思われた。私はベッドにじっとしたまま、あるいは家の中を歩き回ってそれが過ぎてゆくのを待った。その間雌犬は路地で吠え、母は台所に座って私を待っていた。ときどき心臓の鼓動が強くなって、壁や私の骨の中で今にも爆発しそうなほど大きな音を立てることがある。そんな時はベッドから起き上がったり、起きて外を眺めていた窓のそばから離れて、人気のない崩れ落ちた家の建ち並ぶ村の中を何時間もさまよい歩いた。腰をおろして休んでいると、夜明けが突然訪れてくるが、不安と疲労感に襲われていたせいで、その場で眠り込んでしまったのか、それとも直前にここに着いたのか自分でもよく分からなかった。

どれくらいの時間眠らなかったのか、今となっては覚えていない。何日も、何カ月も、たぶん何年も眠らなかったのだろう。私の人生には思い出と日々が混ざり合う一瞬があった。とらえがたくて神秘的なその一点で記憶は氷のように溶け、時間はつかみどころのない不動の風景に姿を変える。たぶんあれから何年もたったのだろう——その間、誰かがどこかで一所懸命語り続けてきたのだろう。あるいはそうでないのかも知れない。おそらく今生きているこの夜は、自分がすでに死んでいて、そのせいで眠れないのだということに気づいたあの夜と同じ夜なのだろう。しかし、そんなことはもうどうでもいい。五日だろうが、五カ月、五年だろうが、同じことだ。時があっという間に過ぎ去っていったので、どんな風に過ぎてゆくのかを見届けることもできなかった。逆に、今夜があの午後以来果てしなくつづいている暗い夜だとしたら、時間など存在しないわけだから、それを、私の心臓の上に降り注ぐ砂のような時間を思い起こす必要などないのだ。

16

沈黙が砂のように私の目を埋め尽くすだろう。風が吹き散らすことのできない砂のように。

沈黙が砂のように家々を埋め尽くすだろう。家々は砂のように脆く崩れるだろう。その悲鳴が聞こえる。風と植物で押し殺された孤独で暗い悲鳴が。

はっきりした順序もなければ、先の希望もなく、家がほかのすべての家を道連れにしながら少しずつ倒壊してゆくだろう。苔と孤独の重みに耐え切れずにゆっくりと、ひどくゆっくりと崩れてゆく家もある。かと思えば、狙った獲物をのがさない冷酷な猟師の銃弾に撃たれた獣のように、一気にどっと倒れる家もあるだろう。しかし遅かれ早かれ、時間の長短はあっても、すべての家は大地のものであったものを大地に返すだろう。アイニェーリェ村の最初の住人が大地から奪い取ったもの、それを大地が返却するように求めているが、結局それを返すことになるだろう。

この家はおそらく最初に倒壊する家の一軒になるだろう（おそらく、その時私はまだこの家の中にいるはずだ）。チャーノとラウロの家は倒れたし、フアン・フランシスコとアシンの家の思い出と壁は雑草と灌木に覆われている。そんな中、私の家は村でもいちばん古い家のひとつだが、まだ倒れずに建っている。しかし、いつまでももつはずがない。たぶん倒れはしないだろう。ひょっとすると、私と同じように絶望感に襲われながらも、最後まで踏ん張るかも知れない。その時は、村人が私を見捨てていったように、ほかの家から見捨てられて、日毎に孤独感を深めてゆくことになるだろう。何年か後に、アンドレスがひょっこり戻ってきて、自分の家族にアイニェーリェ村を見せてやるかも知れない。その時、彼の家は両親たちの戦いの記憶として、また私たちを忘れ去ったことへの沈黙の証人としてまだ建っていることだろう。

いや、そんなことはありえないだろう。アンドレスがいつか戻ってきても、彼が目にするのは灌木に覆われた瓦礫の大きな山だけだろう。彼がいつか戻ってきたとしても、街道はキイチゴに覆われ、水路は埋まり、小屋と家は崩れ落ちているだろう。かつての村は跡形もなく消え失せているだろう。古い路地も。川のそばの果樹園も。彼が生まれた家も――アンドレスが生まれた日は、屋根に雪が積もり、通りや街道では強風が吹き荒れていた。アンドレスが荒れ果てた村を目にしたとしても、その荒廃は雪のせいだけではないだろう。彼はキイチゴと腐った梁のあいだを捜しまわるだろう。崩れた古い壁のあたりを掘り起こしているうちに、壊れた椅子、あるいは幼い頃によくもたれかかっていた古い暖炉のスレートを見つけるかもしれない。しかし、それだけだ。忘れ去られた肖像画も。生命の痕跡も。アンドレスがアイニェーリェ村に戻ってきたら、何もかもが失われてしまったことに気がつくだろう。

いずれアンドレスがアイニェーリェ村に戻ってくるとしても、その前に大勢の人間がやってくるだろう。ベルブーサ村、エスピエーレ村、オリバン村、スシン村から。イェセロ村の羊飼いが。ビエスカのジプシーが。昔の住民がやってくるだろう。私が死ねば、彼らはハゲワシのように襲いかかってきて、私がこれまで暮らしてきたこの村にあるものをすべて持ち去るだろう。錠前やドアを壊すだろう。家と羊飼いの小屋が一軒残らず荒らされるだろう。家具、ベッド、トランク、テーブル、着類、農具、工具、台所用品。私たちアイニェーリェ村の住民が何世紀もかけて苦労して集めてきたものがひとつ残らずよその土地、よその家へ、さらにはウエスカやサラゴサの商店へ少しずつ運ばれてゆくだろう。同じことがバサラン村やシーリャス村でも起こった。カスバス村でも。オタル村でも。エスカルティン村でも。イェセロ村やベルブーサ村でも間もなく同じことが起こるだろう。

私がアイニェーリェ村にいるあいだは、この村にやってきて、以前に村人たちが残していったいろいろなものを持ち去るような人間はいなかった。彼らと私とのあいだには暗黙のうちに境界線が引かれていたし、アウレリオの件があってからはその境界線を越えるものはひとりもいなかった。街道をうろついたり、遠くの木立から様子をうかがっている人間を見かけたことがあるが、その連中も私の姿を見たとたんに大急ぎで逃げ出していった。家のドアの前でアウレリオを脅したことがあるが、彼らは私がその時に言ったことをやりかねないと思っていたのだろう。

彼らは知らなかったが――これから先も知ることはないだろう――、実を言うと彼らの姿を見て、私もおびえていたのだ。彼らが恐ろしかったわけでも、猟銃が怖かったわけでもない。自分自身が怖かったのだ。山の中で誰かとばったり出会ったら、どういう行動をとるのか自分でも予測がつかず、それが恐ろしかった。実のところ、アウレリオの件は単なる警告でしかなかった。私をそっとしておいてくれと言いたかったので、脅しをかけただけで、実際にそうするつもりは毛頭なかった。彼がふたたびこの村にやってきたら、氷のように冷ややかに引き金を引くかも知れないなどとは、少なくともあの日は考えもしなかった。だから、街道をうろついたり、山の中から村の様子をうかがっている人間を見かけた時も、自分が怖くて――自分の猟銃と血が怖くて――、身を隠したのだ。

しかし、間もなく私はこの世からいなくなるだろう。二、三分、おそらくは二、三時間のうちに――いずれにしても、夜明け前に――、私は死者たちと一緒に暖炉のそばに座っているだろう。その時、アイニェーリェ村には誰もいなくなり、今、村の様子をうかがっている男たちの目の前で、無防備な姿をさらすことになるだろう。彼らが村にやってくるまでにはまだ少し時間があるだろう。私が本当に死んだのかどうか、猟銃を構えて自分たちを出迎えたりしないかどうか確かめようとするだろう。しかし、私の遺体がついに地中に埋められて、次の日にベルブーサ村の住民がそのことを知ったら、彼らを先頭にして大勢の人たちが石造りの無防備なこの村に野獣のように襲いかかってくるだろう。村はたちまち私とともに死んでゆくだろう。だから、アンドレスが戻ってきても、灌木と瓦礫の大きな山を目にするだけだろう。

しかし、たぶんアンドレスは戻ってこないだろう。時間はおそらくゆっくり、押し止めようもなく過ぎ去ってゆくが、村を出てゆく前日の夜に私が言った言葉をアンドレスはけっして忘れないだろう。たぶんそのほうがいいのだろう。今朝のうちにアンドレスに宛てて手紙を書き、ベルブーサ村の人たちが来た時に、すぐ見つけられるようにベッドのそばのテーブルに置いておくべきなのだろう。あの日に言った、二度と戻ってこなくていいという言葉をもう一度思い出させてやるべきだろう。せめて、崩れ落ちた自分の村と、両親と同じように苔に埋め尽くされた家を見て、辛い思いをさせないようにすべきだろう。

しかし、もう手遅れだ。アンドレスが村を出てゆかずに、私や母親とともにここに残る決意をしてくれたら、村の運命は変わっていただろうし、この家と私もこんなことにはならなかっただろう。けれども、もう手遅れだ。今となってはどうしようもない。雨が私の目に映る月を消してゆく。静かな夜に、私の血の川の中でイラクサが腐敗してゆくような植物的な物悲しいつぶやきが遠くから聞こえてくる。近づきつつある死の、緑色をしたつぶやきだった。以前、娘と両親の部屋で耳にしたのと同じつぶやき。墓や忘れ去られた写真の中で発酵するつぶやき。このアイニェーリェ村にその音を聞く人がひとりもいなくなったあとも、響きつづける唯一の音。その音は木々と同じように夜とともに成長するだろう。三月の雨と太陽のせいで腐敗するだろう。家が次々に倒壊し、孤独とイラクサが崩れた塀や落ちた屋根、それらの家を建て、そこに住んでいた人たちの遠い思い出を消し去ってゆく中で、その音は家々の廊下や部屋に侵入するだろう。しかし、その音を聞くものはいないだろう。毒蛇も。小鳥も。植物と死の冷気が忍び寄ってきて、石と血が緑色の泣き声を上げても、今私が聞いているように、立ち止まって耳を澄ますものはいないだろう。何年か後のある日、旅人が通りかかっても、かつてここに村があったことに気づきもしないだろう。

もしアンドレスが戻ってきたとすれば、私が口にした脅しの言葉を忘れ、自分が老いて、心の中に共感と郷愁が目覚めたとすれば、この家の跡地に立って石ころを捜し、草むらをかき分けて両親の思い出の品はないかと目を凝らすだろう。ひょっとすると、キイチゴの茂みのなかに私の名前を刻んだ石板と墓石を発見するかも知れない。間もなく私はその墓の下で眠り、アンドレスが訪れてくるのを待つことになるだろう。

17

今朝、私はスコップを手に持ち、最後の力を振り絞ってサビーナとサラの墓の間に自分の墓を掘った。その前に、入り口を覆っているキイチゴと墓地全体に鬱蒼と生い茂っているイラクサと低木を円形鎌で切り払わなければならなかった。サビーナの埋葬を済ませて以来、この墓に足を踏み入れたことはなかった。

墓地を見て——やがてまたイラクサと水に覆われるだろうが——、アイニェーリェ村最後の生き残りになったソーサス家のアンドレスは頭がおかしくなったと考えるものもいるだろう。死の直前、あるいは処刑の前に自分の墓穴を掘るのは、狂人か死刑判決を下された罪人くらいのものだ。けれども、私、アイニェーリェ村最後の生き残りであるソーサス家のアンドレスは、気が狂っているわけでもなければ、死刑判決を下されたと思っているわけでもない。もっとも、自分の思い出とこの家にしがみついていること自体が狂気の沙汰であり、人から忘れ去られたことが懲罰であるというのなら話は別だが。私が墓穴を掘ったのは、妻と娘のそばに埋めてもらいたいと思ったからなのだ。

以前、私は両親の棺を作った。父は父で自分の両親の棺を作った。だから、自分の棺は自分で作ろうと考えた。私のために棺を作ってくれる人がいないのだから仕方がない。しかし、それはできなかった。材木を用意したのだが、湿気を含んでいて使えなかったのだ。学校に古いシナの木が植わっていた。その木が苦しまないように、春先の、下弦の月の夜に切り倒した。子供の頃、父親が大事な秘密を明かすように、下弦の月の夜に切った木は、地中に埋めても何年も腐らないのだと教えてくれた。私たちが知らないだけで、木は生きている。感情もあれば、痛みも感じる。だから、斧が肉に食い込むと、苦痛のあまり身をよじるが、そのせいで筋が入ったり、瘤《こぶ》ができたりする。やがてそこからカビや白蟻が入り込んで腐ってしまうのだ。しかし、木々は下弦の月の夜は眠っている。熟睡しているあいだに急死する人のように、その時なら木々は自分が斧で切られていることに気づかない。そうして切った材木は肌理が細かく、つるつるしていて、カビや白蟻に侵されることはないので、地中に埋めても何年も腐らないのだ。

つねづね私は、願わくば静かな夜、月明かりのもとで眠れる木のように、魔法にかけられたシナの木のように死んでゆきたいと思っていた。しかし、そういう幸運に恵まれそうにもない。私は心細い思いを抱いてたったひとりで、血が少しずつ凍ってゆくのを感じながら死んでゆくのだ。死の扉を前にして私は目覚めている――目覚めているだけでなく、意識もはっきりしている。その上、もう何日も前から夜になっても眠ることも、夢を見ることもできない。それだけではまだ足りないとでもいうように、月までが私の目を覚まし、死を目前にしている私を助けるどころか、粉々に砕け散って私を見捨ててしまった。

私のそばには誰もいない。雌犬もいない。母もいない。今夜、母はやって来て私に付き添ってくれなかった。たぶん、サビーナやサラと一緒に墓のそばで私を待っているのだろう。雌犬も、今は通りの真ん中に積み上げた石の下で眠っている。かわいそうなことをした。何とかして忘れようと思うのだが、この心臓が動いている限り、最後に私を見つめたあの目を決して忘れることはできないだろう。私がなぜあのようなことをしたのか、雌犬には決して理解できないだろう。別れる時、私がどれほど辛い思いをしたか、彼女には分からないだろう。長年の間私を見捨てなかった唯一の生きもの、それがあの雌犬だった。今朝、雌犬は墓地までついてきた。入り口のところで立ち止まり、私が墓穴を掘っているのを見て、いったい誰の墓を掘っているのだろうと怪訝そうな顔をしていた。その後、私と一緒に家に戻ると、いつものようにポーチの長椅子の下にごろりと横になり、通りをのろのろ過ぎてゆく午後の時間を眺めはじめた。私が猟銃を持ってふたたび姿を現したとたんに、目を輝かせた。長いあいだ山に入っていなかったので、うるさく吠え、ぴょんぴょん飛び跳ねながら駆け回りはじめた。教会のそばまで来ると、後ろを振り返った。その時、どうして銃口が自分に向けられているのだろうかと訝しそうな顔で私をじっと見つめた。それ以上待てなかった。あのもの悲しい、人を疑うことを知らない眼差しに耐えられなかった。私は目を閉じて引き金を引いた。すさまじい銃声が轟き、その音が家並みの間にいつまでも反響した。銃声は幸い雌犬の頭を吹き飛ばした。それが最後の一発だった。何年も前から、雌犬のために大切にとっておいたものだった。

18

そんな風に私のことを気にかけてくれる人はいなかった。死を迎える時でさえ、誰ひとり私のことを思い出してくれなかった。

見捨てられた私はこの村にたったひとり残り、犬のように自分の孤独と思い出をかじっている。

疥癬にかかった犬のようにこの村に打ち捨てられた私は、孤独と空腹のあまり結局自分の骨をかじる羽目になった。

私が雌犬を見捨てたとしたら、私が猟銃の弾と雌犬を撃ち殺すだけの勇気を最後の最後まで保ち続けられなかったとしたら、雌犬は私の骨をかじることになっただろう。いつか雌犬はこの村まで登ってきて、私の骨をかじって飢えをしのぐことになっただろう。

私が先に死んだとしても、雌犬は私を見捨てたりはしなかっただろう。何日もの間私の姿が見当たらず、家のなかを歩き回る足音が聞こえなくても、新しい主人と家を捜すためにアイニェーリェ村を捨ててよその村へ行かなかっただろう。おそらくこの村に残ってポーチから一歩も動かず、昼は村の入り口を見張り、夜は月に向かって吠えたことだろう。そしてついにその日がきて、立ち上がることも、吠えることもできなくなり、目がかすみはじめると、今夜の私のように片隅に寝そべってたったひとりで死を迎えるだろう。

羊飼いの老人ガビンが飼っていた犬がそうだった。老人が亡くなるまでの十五年間一緒に暮らし、老人が死ぬと、アドリアン老人と同じように住むべき家も、主人も、羊も失ってひとりきりになってしまった。その雄犬は何日もの間ドアの前に寝そべったまま動こうとせず、夜も昼も悲しそうに吠えていた。サビーナと私は、まだ子犬だった雌犬が食べ残した固くなったパンや骨を時々持っていってやった。しかし、あの犬は口をつけようとしなかった。餌を持っていってやっても、私たちを家に近づけようとしなかった。しかたなく私たちは通りの角に餌の入った皿を置いたが、犬はその間も遠くから牙をむき、唸り声を上げていた。ある夜、犬のなんとも言えず悲しそうな鳴き声に耐え切れなくなって、一思いに死なせてやろうと思い、銃を持って外へ出た。しかし、あたりが真っ暗だったので、狙いがはずれた。犬は苦痛のあまり悲鳴を上げ、血を流しながら逃げていった。それから三、四日間、山のほうからあの犬の吠える声が聞こえてきたが、出血多量か、狼にでも食い殺されたのか、ある夜を境にぷっつり鳴き声がやんだ。

私の身にも間もなく同じことが起こるだろう。考えてみれば、私も犬と同じだ。長年の間この村でひとり暮らしをつづけてきた私は、この家とアイニェーリェ村にこの上もなく忠実に仕えてきた犬以外の何ものでもないのだ。

長年みんなから忘れ去られ、この村でたったひとり自分の思い出と骨をかじりながら生きてきた。その間、アイニェーリェ村に通じる街道に目を配って、人が村に近づかないよう見張ってきた。長年の間犬と同じようにひとりでこの村で暮らし、月日が過ぎ去ってゆくのを眺めてきた。そんな私の夢は、たったひとりでいいから、誰かがいつか、ここに私がいることを思い出して、今朝私が犬にしたのと同じことを、この私にしてくれることだった。

19

彼を怖いと思ったことはなかった。子供の頃も。黄色い雨がその秘密を明かしてくれた夜も、怖いとは思わなかった。

彼を怖いと思ったことはなかった。というのも、彼もやはり老犬を追う貧しく孤独な犬獲りだとわかっていたからだ。

彼がやってこないと、あの男もやはり、私が生きていることを忘れたのではないのだろうかと考えて、昔サビーナと彼がしたはずのことをしてみようと思ったりした。しかし、私にはその力がなかった。そう考えただけのことで、実行に移すことができなかった。猟銃の銃口を口にくわえ、銃弾で自分の頭が吹き飛ばされるところを思い浮かべてみるのだが、最後の瞬間になると気持ちが萎えてしまった。

けれども彼を怖いと思ったことはない。長年の間、夜になると彼を、あの犬獲りの名を何度も呼んで、私が今朝あの雌犬にしたように一思いに殺してほしいと頼んだ。

しかし、私の声が彼に届くまでには長い時間がかかった。自分が耐えられると思っていたよりもはるかに長い時間がかかった。あまりにも長い時間待ちつづけたので、すべては夢でしかなく、しばらくするとまた夜が明けて、目が覚めるのではないかと不安になる。

しかし、そんなことはない。これは夢ではない。彼が夜の静けさの中で私の名を呼んでいる。彼がゆっくり階段を登ってくる。彼が廊下を歩いている。彼が私の目の前にあるドアに近づいてくる。しかし、今の私にはもはや見ることができない。

20

誰かがロウソクに火をつけて、それで虚ろな私の眼窩《がんか》を照らし出すだろう。そのロウソクをベッドのそばの小さなテーブルに置いて、彼らはふたたび私をひとり残して部屋を出て行くだろう。

彼らは台所で夜を明かすだろう。暖炉に火を入れ――火が入ったのは何日ぶりのことだろう――、一分、二分、一時間、二時間と時間を勘定しながら、一緒に夜明けを待つだろう。夜の間、ロウソクに火がついているかどうかを確かめにここまで登ってくるものはいないだろう。明るくなるまで誰も台所から出て行かないだろう。全員が一晩中火を囲むようにして座っているだろう。いつものように時間をやり過ごすために、いろいろな話をしたり、身の回りで起こったことを語って聞かせるだけの気力も残っていないだろう。私の母の亡霊がすぐそばの、火の近くに座っていることに気がつかないだろう。

台所で何時間も待った後、ようやく夜が明けるだろう。彼らは暗く果てしない悪夢を見たような思いにとらわれてふたたび通りに出て行くだろう。中には霜の降りた朝の冷たく、突き刺すような大気を吸い込みながら、この家で過ごした夜が、はるか昔の少年時代に経験したものの、すでに忘れてしまった別の夜の忌まわしい思い出にほかならなかったことに気がつくものもいるだろう。しかし、窓辺にともっているロウソクの火を見て、私がまだ上の階にいることを思い出すだろう。ロウソクの火があり、そして今と同じように、その朝もサビーナの血を吸って大きくなったリンゴの木から漂ってくる腐り果てた果実の臭いがしているだろう。あらかじめ申し合わせていたように、男たちの何人かがあちこちの家から板――ドアや床からはがしてきた割れた板――を持ってくるだろう。その間残りのものは、ふたたびこの部屋に戻ってきて、私を毛布にくるんで台所まで下ろすだろう。

私が台所にいるのは、棺が出来上がるまでのことだ。ベルブーサ村から残りの人たちがやってくるのを待つ必要はないだろう。誰もあの村まで人を呼びに行かないだろう。オリバン村まで下りていって、司祭に私を埋葬するのでこの村まできてほしいと頼みに行くものはいないだろう。棺が出来上がると、彼らは黙ってそれを肩にかつぎ、低木やイラクサの生い茂っている道を通ってサビーナと娘の墓のそばの、今朝私が掘った穴のところまで歩いて行くだろう。お祈りを上げることもないだろう。私があそこに置き忘れたスコップを使って、棺の上に土をかけるが、その瞬間に私とアイニェーリェ村にとってのすべてが終わりを告げるだろう。

彼らはまだ何時間かアイニェーリェ村にとどまって、使えそうな道具や家具、ベッドはないかとあちこちの家を捜しまわるだろう。村には誰もいないし、私はすでに土の下で眠っていると分かっているので、彼らは安心しきっているだろう。彼らはおそらく、帰る前に村中の家を一軒残らずのぞいておこうと思っているだろう。しかし、日が暮れて、通りを吹き抜ける風がまた家々の窓とドアを叩きはじめると、自分の持ち物を持ってベルブーサ村へ引き返して行くだろう。

彼らがソブレプエルトの丘につく頃には、ふたたび日が暮れはじめるだろう。黒い影が波のように押し寄せて山々を覆って行くと、血のように赤く濁って崩れかけた太陽がハリエニシダや廃屋と瓦礫の山に力なくしがみつくだろう。以前そこにはソブレプエルトの家が一軒ぽつんと建っていたが、家族のものと家畜が眠っている間に火災に見舞われて、今は瓦礫と化している。一行の先頭に立っている男がそのそばで足を止めるだろう。そして、廃屋とひどく暗くて寂しいその場所を眺めるだろう。男は何も言わず十字を切ると、他のものが追いついてくるのを待つだろう。全員が集まると、焼け落ちた屋敷の古い土塀のそばで一斉に振り返って、アイニェーリェ村の家々や木々が夜の闇に包まれて行く様子を眺めるだろう。その時、中のひとりがふたたび十字を切って小声でこうつぶやくだろう。

夜があの男のためにとどまっている。

遮断機のない踏切

「遺憾だが、そういうことなんだ」

「どれでもいい」、「それじゃあ」というのと同じ軽い口調で「遺憾だが、そういうことなんだ」と言った。路線課長は「遺憾だが、そういうことなんだ」と言うと、そそくさと車に乗り込み、走り去ったが、線路を横断するときも車を止めて最後に振り返ってみようともしなかった。

ノセードは遠ざかって行く車がカーブの向こうに姿を消すのを見届けてから、この二十年間列車が通過するたびにやってきたように踏み切り小屋に入っていった。以前と同じように手にはまだ旗を持ち、制帽を腕に抱えていた。

彼は二十年前から鉄道で働いていたが、その二十年間ひとつの場所、つまり機関車の線路がサンタンデール街道と交差している荒野、その真ん中にぽつんと建っている踏切小屋で働いてきた。その前の二十年間も、彼が働いてきたようなものだった。というのも、彼の前には父親がその仕事に就いていたのだ。

父親が退職すると、ノセードが後を継いだ。給料は雀の涙ほどだったが、他にこれといった働き口はなかったし、仕事もそうきつくなかった。もっとも、列車の通過に常に注意を払って、遮断機を上げ下げしなければならず、その意味では重い責任があり、しかも一箇所から動けなかった。仕事をはじめたばかりの頃は、一時間毎に列車が通る（当時は鉱山業の全盛時代で、近くの村にはまだ人が住んでいた）ので、一日中時計を睨んでいなければならなかった。少しでも気を抜けば、大事故につながるかも知れなかったのだ。

しかし、鉱山業が衰退するにつれて、鉄道の方も徐々に活気がなくなり、それとともに近隣の町から人影が消えはじめた。そしてついにこれ以上赤字経営をつづけるわけにはいかないというので、一九九一年マドリッドにおいて鉄道閉鎖の決定が下された。通達はだしぬけに届いた（経営状態の悪いことは分かっていたが、あのあたりの町の人にとって外の世界との唯一の交通手段である鉄道が閉鎖になるとは誰も思っていなかった）。しかし、住民はこれといった反対運動を起こさなかった。というのも、若い人間はほとんど残っていなかったし、老人にはもはやその気力がなかったのだ。鉄道で働いている人たちに対して、今回の閉鎖は一時的なものである、線路を改良し（実をいうと、三十年前に国家に吸収されてからはただの一度も補修されなかった）、その間に新しい可能性を探ることにするので、諸君はそれぞれ自分の持ち場で今まで通り仕事をつづけていただきたい、と告げられた。

　ノセードももちろん以前通り仕事をつづけた。父親から譲り受けた制服と青い制帽を身につけていたが、何もすることがなかったので、日がな一日ぼんやり外を眺め暮らした。鉄道に代わって路線バスが走るようになったので、駅長なら切符を売ったり、バスの運行を指示したりすることもできただろう。テレビとエアコンのついた新型バスは列車よりもはるかに快適だった。しかし、そのバスも雪が降りはじめたとたんに、走らなくなった。鉄道の線路と同様道路も古くなってあちこちに傷みが生じていたが、その時までにはそんな道路のあることさえ誰も覚えていなかった。

　閉鎖は一時的なものだと言われていたが、翌年の冬に完全に閉鎖すると言い渡された。鉄道の経営陣は種々検討を重ねた結果（少なくとも、彼らはそう言っていた）、路線を再開することに決定した。ただし再開されるのは両端、つまりレオン方面はグアルドまで、ビルバオ方面はベルセードまでということになったが、それらの区間では収益が上がっていたのだ。中間にある二百キロに及ぶ線路は廃止されることになったが、ノセードがいたのはそのど真ん中だった。路線課長がやってきて、ノセードと同じ立場に置かれている鉄道員たちに、「遺憾だが、そういうことなんだ」と言い渡したのはその時のことである。

　ノセードは踏切小屋に入り、ストーブの前に腰をおろした。寒さをしのぎ、鍋で煮炊きするためにストーブにはいつも火が入っていた。食べるのはたいていインゲン豆かヒヨコ豆で、部屋に香りが立ち込めるようにと時々ユーカリの枝を煮ることもあった。いつものように真っ赤に燃えているストーブを見つめながら、ノセードはあの踏切小屋で過ごした歳月のことを、また彼の前に父親がそこで過ごした歳月のことを思い返していた。あの踏切は彼にとって人生のすべてだったのだ。

翌朝、すでに解雇されていたにもかかわらず、ノセードはいつもの持ち場に戻った。父親から譲り受けた制服と青い制帽を身につけ、赤い旗を手に持っていたが、これは遮断機をおろすときに、車を停止させるために使うものだった。九時に、三人しか乗客が乗っていないバスが通過するのを見届けた後、踏切小屋に入った。いつも貨車と客車の混成列車が通過する一時まで小屋にいた。その列車が通過した後、三時ちょうどに郵便列車が通るが、それまで何もすることがなかったので食事をとり、昼寝を楽しんだ。四時頃に貨物列車が通り、ついで五時頃に石炭を積んだ貨車が通過する。そして、六時頃にマタポルケーラ発の列車が通過し、ついで八時二十分前に終着駅に到着することになっているビルバオ発の列車が通るが、これが最終列車だった。一時彼はバリャドリッドで兵役に就いて、鉄道関係の仕事をしていたことがあるが、その時をのぞいて過去二十年間毎日その時間に仕事を終えて町に戻っていった。

その後もノセードはいつもと変わりなく仕事場へ出かけていった。向こうへ行っても別にすることはなかったし、給料ももらえなかったが、相変わらず毎朝出かけて行っては列車の通る時間になると、二、三カ月前までやっていたように遮断機をおろした。列車は通らなかったが、彼は踏切小屋から離れようとしなかった。

最初のうち、町の人たちは気がつかなかった。いつものことだったし、他人のことにあまり関心がなかったせいで、彼が踏切と町の間を毎日往復しているからといって、べつに気にもとめなかった。これまでの習慣でそうしているんだろうとか、踏切小屋に仕事が残っているんだろうくらいにしか考えていなかった。列車はもう走っていなかったが、そのことを知らないよその土地の人たちはノセードが遮断機を上げるまで辛抱強く待ち、何か行き違いがあったか、あの踏切番はみんなを待たせては悪いと思って、親切にも遮断機を上げてくれたのだろうと考えて、走り去って行った。きっと、いつものことで列車が遅れているんだろう。

《オルビゴの名品》パイとバターつきパンを売っているセールスマンのドン・ガルシーアは二、三週間毎にあの道路を通っていたが、鉄道が閉鎖されたことを知っていたので、真っ先におかしいなと感じた。二十年前から、いや、その前の父親の頃から踏切番の顔を知っていた。彼はノセードがまだ踏切のところにいるので妙だなと思ったが、おそらく機関車か線路保全用の車両が通るのだろうと考え直した。路線はすでに閉鎖されていたが、線路を撤去するとなると、大がかりな工事をしなければならず、時間も相当かかるはずだった。しかし、しばらくして、機関車はもちろん、それらしい車両も通過していないのに、ノセードが遮断機を上げるのを見て、そのセールスマンは車を止め、窓から顔を出して、いったい何があったんだねと尋ねた。

「別に何もないよ。どうしてだね？」とノセードは生真面目な顔で答えた。

「いや、ちょっと訊いてみただけだよ」自分をさんざん待たせた幻の線路保全列車が遅れてやってくるのではないかと思って、遠くに目を凝らしながらそう言った。

しかし、ノセードはそれ以上説明しようとしなかった。というか、説明など何ひとつしなかった。いつもより無愛想な感じさえした。

「急いでいるのかね？」ノセードは踏切小屋の方に戻りながら刺々しい口調でそう尋ねた。

セールスマンは別に急いでいなかった。というか、いつもと変わりなかったのだが、路線が閉鎖されたというのに幽霊列車のせいで待たされるというのがどうも釈然としなかったのだ。それにノセードの態度やその返事も妙だった。来るはずのない列車を五分間もおとなしく待っていたのだから、一言言わせてもらおうと思って尋ねてみたのが先ほどの質問だった。しかし、喧嘩をする気もなかったし、あの踏切番が気むずかしい性格で融通がきかないというのはあのあたりでも評判だったので、セールスマンはそのまま山の方に向かって車を走らせた。向こうにはこれから訪れなければならない町がまだいくつか残っていたのだ。

しかし、帰り道に通ったときにもまた同じことが起こった。線路と直線道路が交差している踏切の手前に来たとき、またしてもノセードの姿が目に入ったが、彼はちょうど遮断機をおろそうとしていた。遠くの方に彼の車が見えたとたんに、ノセードが遮断機をおろしはじめたような気がしてならなかった。セールスマンは一気に踏切を突ききろうとしてアクセルをふかした。けれども、ノセードは遮断機の前に立ちはだかって車を停止させた。

「何をするんだ。気でも狂ったのか？」と旗を振り回しながらそうわめいた。

「すまん」セールスマンはそう言いながら、斜めになっている遮断機を指し示した。

「何とか通り抜けられると思ったんだ」

「無理だよ。見ろ」遮断機が完全に下におりたときに、ノセードが怒ったような口調でそう言った。

　セールスマンはしかたないなと言うようにエンジンを切り、時間待ちの間にタバコに火をつけた。遮断機はなかなか上がらなかった。四、五分はまあしょうがないか。あの男が臍《へそ》を曲げているんだから仕方がない。踏切番が機嫌を損ねているときは、遮断機の上がるのがいつもより遅いというのは経験上よくわかっていた。

　しかし、五分どころか、十分近く待たされた。《オルビゴの名品》パイとバターつきパンの販売をしているセールスマンのドン・ガルシーアは時間を計っていたわけではないが、タバコを一本吸い、さらにもう一本火をつけるまで待たされた。それなのに、何も起こらなかった。朝と同じで、機関車もそれらしい列車も通らなかった。目に入ったのは一頭の犬だけで、その犬は列車が通りかかればひき殺されるし、遮断機もおりているというのに、素知らぬ顔をして線路の上を歩いてこちらに向かってきた。

鉄道が閉鎖になったというのに、何カ月もの間遮断機はそこに居座っていた。セールスマンのドン・ガルシーアは二、三週間毎に通りかかったが、鉄道が閉鎖されて以来通過する列車の数が逆に増えでもしたように、遮断機はいつもおりていた。セールスマンはノセードが遮断機を上げるまでじっとおとなしく待っていた。といっても、線路の上を猫の子一匹通りはしなかった。三、四カ月の間に彼は十回以上踏切を通ったが、ただの一度も列車が通るのを見かけたことがなかった。とうとうたまりかねて、町の治安警備隊に事情を話したが、もちろん取り合ってもらえず、大方上の命令でそうしているんだろうという返事が返ってきただけだった。そこで彼は、鉄道局長のところに行って直談判した。

鉄道局長は彼の話にじっと耳を傾けたが、やはり取り合おうとしなかった。ノセードの父親とは昔一緒に仕事をしたことがあるので、ノセードのことも以前からよく知っています。もともと気むずかしい性格なので、これまで何度かちょっとしたトラブルを起こしたことがあります。一度など、査察官と口論したために、二日間の減給処分を受けたことさえあります。しかし、過去二十年間ただの一度も欠勤したことがないことからも分かるように、彼が真面目で模範的な鉄道員であることはこの私が保証します。

局長は告発の内容をメモにとると、それを机の上に置いておいたが、セールスマンが部屋から出て行けば忘れてしまおうと心に決めていた。それにしても、この男もおかしなことを言ってくる、ノセードは解雇されたし鉄道は廃線になっている、だから遮断機で車の通行を止めたりするはずがないじゃないか。実は、その頃からあちこちで不満の声が上がりはじめた。

ノセードに対する抗議の声が高まりはじめた。あのセールスマンが最初に行った告発文書を、局長は書類棚に放り込んだ。その後に届いた告発文に関しても、同じように処置した。しかしそれ以後、あの地方の住民やたまたまあの踏切を通りかかった人たちからノセードを非難する文書が次々に届きはじめた。中には、遮断機が上がるのをじっと待っているというのに、ノセードはげらげら笑っていたという告発まであった。局長はそうした文書を書類入れに放り込んでいったが、そのうち一杯になった。そうなると放置しておけず、査察官を派遣して、事情を調べざるを得なくなった。人間というのはささいなことでも騒ぎたがるものだが、それにしてもここまで非難の声が高くなるというのは尋常ではなかった。

査察官が訪れた時、ノセードは眠っていた。ドアを半開きにしていたので査察官のやってくる音は聞こえたはずだが、ノセードは起き上がって彼を出迎えようとしなかったし、これまでのように挨拶もしなかった。それどころか、査察官の姿など目に入らないとでもいうように不貞寝《ふてね》をつづけた。

査察官は厳格なことで知られ、しかも探偵を思わせる独特な歩き方をしたので、みんなからモーガンと呼ばれていた。自分はもうこの男の上司ではないんだと言い聞かせ、些細なことにこだわらないことにして、ドアのところから声をかけた。

「どうした、寝ているのか？」

「いや、休んでいるんだ」とノセードはひどくぶっきらぼうに答え返した。

　モーガン査察官はこれまでそういう応対をされたことがなかったので、どうしていいか分からずドアのところで足を止めた。しばらくためらった後、こうつづけた。

「ここには休憩するために来ているのかね……」

「ときどきな」とノセードは表情を変えずに言った。

　樫の木の幹が赤々と燃えているストーブのそばで彼は横になっていた。香りが部屋中に広がるようにとユーカリの枝を時々煮ることがあったが、その時もストーブの上ではユーカリの枝がぐつぐつ煮立っており、踏切小屋の中に強い香りが漂っていた。モーガン査察官は中に入ると、ストーブに近づいた。

「これは何だね？」と尋ねた。

「ユーカリの枝だよ」とノセードが答えた。

「どうして煮ているんだ？」

「他にすることがないんでね」とノセードが答えた。

　どうやらあまりしゃべりたくないようだった。踏切小屋に入ってきたのが査察官ではなく、乞食か何かのように、ハンモックの上から頭と足をだらしなく投げ出して寝そべっていた。ノセードはもともとあまり愛想のいい男ではなかったが、これほど図々しい態度をとったことは一度もなかった。

モーガン査察官は目の前にいるのがすでに解雇された元職員だというのに、なぜか妙に気後れして、やっとのことで本題を切り出した。

「あんたはここから出てゆかなきゃならん」

「誰がそう言ったんだね」ノセードは頭をゆっくり起こしてそう尋ねた。

「私だ」ここで弱みを見せてはまずいと思って査察官は相手を威圧するようにそう言った。

「だったら放り出してみるんだな」ノセードは顔色ひとつ変えずにやり返したが、ハンモックから起き上がる素振りはみせなかった。

ノセードが踏切小屋から追い出されたのはその翌日だった。あの日、モーガン査察官は（これまでそういう扱いを受けたことがないので）戸惑い、困惑して何も言わずに引き上げた。しかし、次の日、彼はノセードから踏切小屋の鍵をもらってくるようにと言って地区の責任者を向こうに行かせた。ノセードはおとなしく鍵を渡したが、そこから立ち去るのはいやだと言った。踏切小屋から自分の持ち物（その中にはストーブも含まれていた）を持ち出すと、小屋の横に積み上げた。どうやらそう簡単に今までの仕事場を放棄する気はないようだった。

そのことはまもなく明らかになった。というのも、ノセードが車の通行を妨害して困るという内容の投書がまたしても局長室に舞い込みはじめたのだ。その内の何通かにはドン・ガルシーアの署名が入っていたが、どうやらまだノセードと揉めているようだった。そこで局長は、人をやって遮断機を取り壊し、撤去させることにした。

しかし、あまり効果はなかった。機嫌のいいときのノセードは、気むずかしいところはあっても話のわかる好人物だった。しかし、いったん臍を曲げると、梃子《てこ》でも動かないところがあった。今の彼が臍を曲げていることは言うまでもない。遮断機が撤去されると、今度は旗を使って車を止めるようになったが、そのやり方もなかなか効果があり、以前と同じように車を止めることができた。旗を振るようになってからは、通過列車の数が増えでもしたように、しょっちゅう車を停止させたし、時には何時間も通行させないことがあった。話を聞いて仰天した局長は、自分の目で事態を確かめることにした。部下の話を聞いても容易に信じられなかったのだ。

踏切には正午過ぎに着いた。モーガン査察官をはじめ路線課長や地区の責任者が同行していた。鉄道が閉鎖される前だとちょうど混成列車の通過する時間だったせいか、ノセードはいつもの持ち場についていた。一行が乗った車がカーブを曲がったとたんに、彼は旗で停止の合図をした。

局長とその部下を乗せた車が停止した。

「何があったんだ？」と局長が窓越しに尋ねた。

「何も。ただ、今はここを通ってはいけないんだ」とノセードはひどくぶっきらぼうに答えた。

局長と部下のものたちは互いに顔を見交わした。ノセードは目の前にいるのが誰だかよく分かっていたが、動揺した様子はなかった。それどころか、列車が通過するまでにはまだ少し時間があるので、待つようにと指示した。

「どれくらい待つんだ？」局長はすでに列車が走っていないことを忘れたかのようにそう尋ねた。

「時によりけりだ」とノセードは答えた。

局長はそれを聞いて目を剝いた。彼は黙って自分たちのやり取りを聞いている部下の方をちらっと見た後、窓からもう一度顔をのぞかせてノセードにこう言った。

「わしが誰だか分かっているな」

「ああ」とノセードは答えた。

「それだけかね？」

「それだけって、何のことだ？」とノセードがやり返した。

局長は一瞬ためらった後こう言った。

「お前は車の通行を妨害しているんだぞ」

「あんたはわしの仕事の邪魔をしているじゃないか」とノセードは平然とした顔で答えた。

局長は自分の耳が信じられなかった。彼はモーガン査察官と同じことを考えた。つまり、（すでに取り払われてしまったが）ここは会社の施設で、しかも目の前にいるのはすでに解雇されている元職員であって、現在会社とは何の関係もない、なのにここではこの男が主《あるじ》で、自分はその主の仕事の邪魔をしている通りがかりの人間のように思えたのだ。局長は思わず彼につかみかかりそうになった。

しかし、何とか自分を抑えた。ノセードに向かって手をあげるわけにはいかないが、部下の手前自分がどういう人間なのか思い知らせる必要があった。彼は停止した車から降りると、ノセードの方へ向かっていった。

「お前はもうこの鉄道の人間じゃないし」とタバコに火をつけながら穏やかな口調で説明しはじめた。「それに知っての通り、列車は走っていないんだ」

「あんたが言うんだから……」

「そうだ、局長のわしが言っているんだからまちがいない」彼は局長というところを強く言った。「その点はお前もよくわかっているだろう」

「しかし、あんたは局長という器じゃないな」ノセードはにやにや笑いながらそう言った。

それを聞いて、局長は思わずかっとなった。タバコを地面で押しつぶすと、遠くに投げ捨てた。局長は完全にキレていた。

同行していた連中が何とか局長を押し止めた。モーガン査察官、路線局長、それに地区の責任者たちはあわてて車から駆け降りると、局長を抱き止め、ノセードに飛びかかる前にむりやり車の中に押し込んだ。ノセードは相変わらずにやにや笑っていたが、どうやら騒ぎを楽しんでいるようだった。

事件から数日後、ノセードは町の治安警備隊本部に出頭するようにとの召喚状を受け取った。通行妨害と会社の制服を不法に着用したかどで局長が告発したのだ。ノセードは治安警備隊本部に出頭した際、服務中の職員の命令に従わないばかりか、自分に暴行を加えようとしたといって、逆に局長を告発した。彼に言わせると、局長とその部下のものは旗を振って停止の合図をしているのに、それを無視して踏切を横断したが、そのことによって他の人たちの生命を危険にさらしたというものであった。

彼の父親の古い友人である治安警備隊の司令官は、まず局長に対する告発だが、これは同行していた部下のものたちが局長に不利な証言をするはずはないから、肝心の証人がいないので成立しない。それに、こちらの方が問題なのだが、何カ月も前から列車が走っていないのに、車の通行を妨害するのはよくない趣味だ、そう諄々と説いてノセードの態度を何とか軟化させようとした。

「このままだと、いずれ君を逮捕せざるを得なくなる」と司令官は悲しそうな顔をして言った。実を言うと、あのあたりの人たちと同じように、司令官もノセードがおかしくなりはじめたのは、職場を追われてからのことだと考えていたのだ。

しかし、すでに手遅れだった。ノセードは本部を出ると、踏切には向かわず、駅の方に足を向けた。駅もすでに閉鎖されていたが、そこの車両格納庫には古い機関車が何台か保管してあったのだ。彼はそのうちの一台を何とか始動させると、線路の上を猛スピードで走り出した。

例の踏切を通過するとき、速度は百二十キロに達していた。あの線路の上を機関車がそれほどの速度で走ったことは一度もなかった。たまたまその時、ドン・ガルシーアはいつもの踏切番がいないので怪訝に思ってそこを通りかかった。すんでのところで機関車と衝突するところをどうにか避けて命拾いしたが、その時のショックがもとで長い間彼は口がきけなくなった。ノセードはそのままどんどん速度をあげて走りつづけたが、ついに機関車が脱線して橋から転落した。機関車から助け出されたとき、彼はまだ旗を振って車を停止させようとしていた。

不滅の小説

詩人トーニョ・リャーマスはこれまでひたすら詩作を行ってきたが、生まれ故郷の村で曾祖母の遺体が掘り起こされたのを機に小説を書こうと心に決めた。

トーニョ・リャーマスは三十年以上もの間、自らを信じて疑わず、賞賛すべき忍耐力と犠牲的精神を発揮して、倦むことなく叙情詩を書きつづけてきた。彼の詩は独創性に富んでいるだけでなく、量的にも膨大なものであった。熱情に駆られたり、眠れない夜にトーニョ・リャーマスは熱に浮かされたように筆をふるい、何百、何千という韻文と詩を書きつづけてきたし、それよりもはるかに多くの詩が名もないバルや居酒屋で失われていった。しかし、幸運の女神は彼にほほえみかけてくれなかった。これまで日の目を見た彼の詩集は二編だけだった。ひとつは一九六七年に出版された『冷戦のためのバラード』で、この作品のせいで彼は五千ペセータスの罰金を課せられ、無謀にもこの詩集を出した出版社は行政処分を受けて業務停止になった。もうひとつの詩集『夜明けはまだ来ない』はそのタイトルから推測されるように、きらめきと絶望感に満ちた作品で、執筆後何年もたった一九八四年に出版されている。彼の昔の同志たちは出世したせいか突発性の健忘症にかかってしまい、ほとんどの人がその詩集を黙殺した。トーニョはそれにもめげず詩作をつづけ、今では批評家たちの言に惑わされることなく、自分は真に読まれるに価する今世紀を代表する数少ないスペインの詩人だと自認するようになった。

トーニョ・リャーマスは詩作に没頭してきたために、世に受け入れられなかった。しかし、彼が自分の伴侶ともいうべき詩を捨てて小説に乗り換えようと考えたのは、人に認められたいと思ったからではない。また、源泉（これはむろん、文学的な源泉という意味だが）が枯渇した上に、叙情詩の社会的、個人的機能が弱まったこと、加えて詩人ならたいてい誰もが生涯に一度は詩に対して強い不信感を抱くものだが、そうしたことが原因で詩から離れていったわけでもなかった。トーニョ・リャーマスが詩から散文に鞍替えしようと考えるようになったのは、自分の曾祖母の遺骸がまったく腐敗せずに墓から掘り起こされたというニュースに接したせいだった。その話を聞いたとたんに、この出来事を語るには確固とした物語的構造の上に立ち、第三者としての冷静で客観的な声で語る必要があると考えたからにほかならない。

曾祖母ルシーラ（詩人トーニョ・リャーマスの母親の母親の、そのまた母親）は今世紀はじめに八十歳で亡くなった。娘を四人生み、二人の夫と死に別れた後、自分が生まれ育ち、死ぬまで暮らした村の墓地の片隅で心正しきものとして永遠の眠りについていた。新たに遺体（人生を儚んで川に身投げしたものの、最後の最後になって命が惜しくなり、木の幹にしがみついたまま溺れ死んだ男の遺体だったが、その格好だと死後も誰かれなしにしがみつきかねないというので、両腕を後ろ手に縛られて棺に納められた）を埋めるために五十年ぶりで墓を掘り起こしたところ、傷ひとつなく、軽やかでまったく腐敗していない曾祖母ルシーラの遺体が現れてきたのだ。その顔にはほほえみがたたえられていたが、生前の彼女を知っている人たちは生きているときとまったく同じ素敵な笑顔だと言っていた。

曾祖母が埋葬されたときトーニョはまだ生まれていなかったし、このようなことが起こるとは誰も予測しなかった。その出来事があったのは八月のことで、彼が自動車教習所での仕事を終えて家に帰ると、夜、母親から電話がかかってきた。話を聞いてびっくりしたトーニョはその夜のうちに車を走らせて、故郷の村へ向かった。向こうについたのは翌日の明け方だった。彼が帰ってくるとは誰も思っていなかったが、向こうにつくと家族のもの全員が集まっていた。

その日の朝は、親族や近所の人たちがしきりに出入りして、あわただしく過ぎていった。前例がない上に、何とも説明のつかない出来事だったので、誰もが衝撃を受けているように思われた。みんなは、曾祖母の遺体がふたたび家の中に安置されてでもいるように、立ったまま食堂で声をひそめて話し合っていた。廊下に曾祖母が写っている古い肖像写真が飾ってあった。食堂に出入りするたびにその前を通ることになるのだが、それを見て中には恭しく、あるいは不安そうに十字を切る人もいたが、とりわけ女性がそうだった。喪服をつけた曾祖母はその写真の中から、昔と変わらないほほえみを浮かべて、不動の姿勢のままこちらを見つめていた。

昼頃に新聞記者が二人やってきた。地方紙の記者で、家と五十年前から曾祖母ルシーラが永遠の眠りについている墓地の写真をとっていた。曾祖母は次の処置が決まるまでの間、墓地にもう一度埋め戻された。

翌日の新聞のトップに、「ビリャシダーヨ（スペイン北部レオン地方の村）の奇跡。蘇る死者」という派手な見出しの記事が載った。おかげで、大勢の野次馬がどっと村にやってきたし、新聞記者も押しかけてきたが、今回の特異な事件に関してはそれぞれが自分なりの意見を持っていた。このようなことが起こったのは、土が粘土質で非常に保水力が強いせいだという人もいれば、反対に、植生に原因があると言う人もいた。また、あの墓地はふたつの小山にはさまれている上に、石積みの高い塀があり、通気が悪いからこういうことが起こったのだという意見もあれば、それはちがう、寒冷地だから遺体が腐敗しないという不思議な現象が起こったのだという意見もあった。その頃にトーニョが集めた新聞記事（後に、彼は小説の中でそれらの記事に関して皮肉っぽいコメントを加えることになるが）の中には、ラス・サリーナスの事例に触れているものもあった。ラス・サリーナスというのは、スペインで唯一墓地のない土地で、イビーサ島にある。ラス・サリーナスというのは島の有名な岩塩坑《ラス・サリーナス》のそばに位置している。そのせいで、土に多量の塩分が含まれていて、遺体を埋めるとまるで塩漬けにした魚のようにこちこちに固まって、腐敗することなく自然保存される。そのことが分かったために、墓地が撤去されてしまったのだ。しかし、あの墓地にまつわる長い歴史を調べてみると、トーニョの曾祖母のように遺体が腐敗しなかったという例はひとつもないということが判明したが、とたんに上記のような意見は一掃されてしまった。

そのうち、親族や近所の人たちの間から、あの人は聖女だったからあのようなことが起こったのだという声が出はじめた。もっとも、曾祖母のことを覚えている人はほとんどいなかったし、そうした考えを裏付けるような資料や証言がまったくといっていいほどなかった。しかし、他にもっともらしい理由が見つからなかった上に、死もついにあのにこやかな笑みを消し去ることができなかったというので、家族のものたちは、きっと故人が聖女として生き、死んでいったからこのようなことが起こったにちがいない、遺体が腐敗しなかったという神秘的で不思議な出来事を説明するのはそれしかないと確信するようになった。あの事件のせいで大騒ぎがもちあがり、しかもビリャシダーヨのあたりにさまざまな超心理学者や幻視家が姿を現すようになったのを見て、それまで一定の距離をおいて、懐疑的な態度で沈黙を守っていた司教区もさすがに黙っていられなくなり、村の教区司祭ドン・フルヘンシオを補佐するようにと超常現象に詳しい司祭を村に送ることに決めた。トーニョや近所の人はせせら笑っていたが、みんなはこれで真実が明らかになるだろうと胸をなで下ろした。

その司祭は、たまたま神学校時代にトーニョと同級生だったが、サッカーがやたらうまかったという記憶しかなかった。司祭は村に二日間滞在したが、その間にしたことといえば遺体を目視で調べ（そのためにわざわざもう一度墓を掘り起こさなければならなかった）、家族から故人のことをいろいろ聞き出しただけだった。その後、墓地の土のサンプルをいくつかとり、それを持って町に帰っていった。それから数日後に、あちこちに判が押してあり、ラテン語の文句が書き込まれた司教区からの手紙がドン・フルヘンシオのもとに届いた。いろいろな注意や忠告が並んでいるその手紙によると、遺体はもとの場所に埋め戻し、百年後に掘り起こすように、その時も遺体がまだ腐敗していないようなら、直ちに新たな調査をはじめるので遅滞なく報告するようにと明記してあった。

司教区から届いた手紙で謎が解明されたわけではないが、おかげで村人たちが多少とも落ち着きを取り戻したことはまちがいない。百年も待つわけにはいかないというので、新聞記者たちが真っ先に引き上げていった。超心理学者たちもその後を追うようにして姿を消したが、彼らにしてみれば宣伝というのは意味のない、二義的なものではなく、それこそが目的であり、不可欠の条件でもあったのだ。トーニョが調査をはじめたのは、そうした連中がいなくなってからのことである。

あれからかなり時間が経ったが、トーニョが本当に何を発見したのかはいまだにわからない。彼は何年も夏休みを潰し、また司教区の古文書館にもぐり込んで文書を調べ、長い間調査を行った。そうした調査をもとにして書かれた彼の小説を読まなければ、そこからどういう結論を導き出したのかわからないが、『不壊《ふえ》の曾祖母』と題された作品は現在も不壊のまま残されている、つまり出版されていない。その小説の内容に関しては、トーニョがいつだったか私の母親に話して聞かせたことしか分からない。私の母は彼にとって最上の、そしておそらくはたったひとりの読者だった。といっても、母が彼の作品をすべて読んでいたという意味ではなく、家に遊びに来ると、いつも母は彼を招いておやつを一緒に食べていただけのことだった。

小説の中で司祭として、また悪魔の弁護人として登場してくるトーニョが、あの不思議な出来事の発見をもとにして行った調査が、どうやら小説のプロットになっているらしいのだが、作品の最後で聖女であることを証明する数々の現象は捏造されたものにほかならない（それ故、人を欺くものである）と結んでいる。したがって、『不壊の曾祖母』は、実在するかどうかもわからないし、世界史に出てくる聖人の年代記に記されている美徳でさえ眉唾物だと思われる聖人たちに関する長たらしい伝記と似通っていると言えるだろう。ただ、聖人の伝記においては、文学的な息吹や文体よりも宗教的な、つまりは教育的な意味あいが重視されているのに対して、トーニョ・リャーマスの小説は文学的な意図のもとに書かれている。つまり、ここに登場する老婆たちはみだらで、窓から飛び出して空を飛び、ルシーラはラテン語だけでなく、たとえば屋根の上に登ってヴィヨン（十五世紀フランス中世の詩人）やウィリアム・ブレイク（一七五七―一八二七。イギリスのロマン派の先駆的詩人）の詩を朗読するといったようにそのほかの奇妙な言葉を話す。男たちは合唱隊の歌手でしかなく、動物が口をきき、喧嘩早くて好色な司祭たちは女の尻を追い回す。そうした幻想的な風景の中に、ブリキ職人や人形使い、ジプシー、それにこういう世界の広場で決まって上演される芝居『ブラヴァンテのヘノベーバ』が舞台にかけられている劇場などが出てくる。さらに、恐怖と無知にさいなまれるスペインの暗い横顔やそこの石の上にどっしり腰をおろしている宗教的世界への痛烈な批判、妖術とキリスト教的神秘主義の混交である冷酷無惨な母権社会の描写といったものがその背景になっているのだろう。母権社会では女たちが男の上にまたがるが、男の役割といえば単なる種馬でしかないのだ。こうした描写は、トーニョが調査し、最初に発見したことと決して無関係ではない。あの小説には聖女に列せられるはずだった女性が登場するが、この女性の子孫に当たる女たちはすべてひとり身で、その娘たちもまたひとり身である。また、主人公の女性にも娘が二人いるが、これらの女性たちを起点にして長大な一族の物語《サガ》がはじまるのである。曾祖母が自分の遺体を掘り起こした人たちに向かってほほえみかけていたのは、おそらくそのせいだろう。

　十五年もの間執筆をつづけ、一九七五年にようやくその小説は完成した。『夜明けはまだ来ない』の著者は、十五年間熱に浮かされたように創作をつづけ、その間に彼は抜き身のあいくちを持って、自分の個人的な記憶だけでなく、腐敗することなく長年地中に埋もれたままになっていた家族の記憶の中にまでずかずか踏み込んでいった。駆け出しの小説家だったのだから無理もないが、彼は長年の間我を忘れて創作に没頭した。ただ、語る内容が自分の身内のことだった上に、あまりにも衝撃的な事件だったものだから、忘我の創作がついには妄執に変わってしまった。そのせいで、あの事件を小説に移し変えるときに、名前を変えるという気配りすらしなかったが、それがもとで自らの退路を断つ羽目になった。そして、この小説が結局は彼の命取りになるのである。

作品を書き上げ、いつでも印刷にかかれる段階まできたときに、トーニョはふと、作品が八百ページを超えるとなると、長すぎるというので出版社も困惑するだろうが、それよりも物語が事実に密着し過ぎているせいで、より深刻な問題が生じてくるのではないだろうかと不安になった。作品の冒頭に「ここで語られている内容が現実とどれほど似通っていようとも、それは単なる偶然の一致でしかない、云々」というお決まりの断り書きを入れたところで、村人は誰ひとり信じてはくれないだろう。それは細部がどうこうとか、物語に出てくるエピソード（たしかに異常なものではあるが、同じようなことが別のところで起こったとしても不思議ではない）がどうこうといった問題ではない。要するに、ルピシニオ、エドゥビヒス、エビラシア、ルシーラ、あるいはバシリーサといった名前がそうざらにあるものではないし、しかもそうした珍しい名前が揃って出てくるというようなことは、いくら奔放な想像力でも思いつけるものではない。本人たちにしても、そうした名前の人物が小説の中に出てくるとなると、決していい顔をしないだろうことは目に見えていた。けれども、トーニョはそれらの名前を変えたりしたら、小説に傷がつくと考えていた。まして、別の人物に書き換えるなどというのは論外だった。小説において一般に行われているのとは逆に、エドゥビヒス、エビラシア、ルシーラ、あるいはルピシニオというのは、トーニョ・リャーマスがふとした思いつきで気まぐれに選んだものではなく、物語全体を支える隅石《すみいし》であり、それ故変更することのできないものであった。

彼は夏のバカンスに帰郷するのを楽しみにしていたが、上に述べたような事情から場合によっては不愉快な事件に巻き込まれるかもしれないと考えた。そこで慎重を期して、その時がくるまでしばらくの間小説を引き出しにしまっておいて発表しないことにした。作品に出てくる人たちは高齢だった上に、身体を悪くしていたので、この先そう長生きするとは思えなかった。それにこのままじっと待っていれば、今もてはやされているあの忌々しい実験主義も終息するにちがいないと考えた。彼の小説は口承文学の伝統と魔術的リアリズムの両方を取り入れているせいで、その頃は出版社から見向きもされないということもあった。

最初は、彼の予測した通りになった。四、五年経つと、伝統小説はすでに死んでいると指導的な人たちが断言したにもかかわらず、実験小説の方が先に読者に見限られて息絶えてしまった。また、バシリーサ、エドゥビヒス、エビラシア、それにドン・フルヘンシオまでが亡くなった。彼らはあの小説をただの一行も読まずに死んでいったので、自分たちが作品のもっとも実験的な部分を担っているということに気づいていなかった。

トーニョはその間にまるで西部のガン・マンのように彼らの名前をひとつひとつ消して行ったが、最後にルピシニオの名前だけが残った。

ルピシニオは言葉がしゃべれない上に、知恵遅れで、ネアンデルタール人のような頑丈な顎をしていた。トーニョがいちばん恐れていたのがこの男で、できれば作品から抹消したいと思っていた。ルピシニオはこれまで人を困らせたことなど一度もなかった（それどころか、みんなから笑いものにされているというのに、いつも人を助けたいと考えていた）。しかし、外見が見るからに恐ろしかった上に、小説の中でおぞましい役をふり当てられていた（金をもらって近所の女たち、この女という言葉の中には人間と交合できる雌牛、雌羊をはじめとするすべての動物も含まれていたが、そうした女たちの種馬役を果たしていた）せいで、トーニョはあの男から身の毛のよだつような恐ろしい仕返しをされるのではないかと考えてしまった。しかし、ルピシニオは簡単に死にそうもなかった。八十歳になるというのに、見るからに元気そうで、エネルギーに満ち溢れていたのだ。小説では、これまでずっとセックスに溺れて暮らしてきたので、もっと弱々しい老人になっているはずだった。

トーニョは何年もの間小説を公表せずに、あの男が死ぬのを空しく待ちつづけた。毎年夏のバカンスがくると帰郷したが、家に戻って家族のものに挨拶する前に、村をひとまわりして、ルピシニオがまちがいなく永遠にあの世へ旅立ったかどうか確かめてみた。けれども、村について真っ先に見かけるのは決まってあの男だった。家の玄関の椅子に座っていたり、後ろで手を組んで通りを散歩しながら、通りがかりの人たちに自分の強靭な顎を見せつけようとでもするように新石器時代人を思わせる笑みを浮かべて挨拶してきた。その顎はまるで、わしは絶対に死なんぞというゆるぎない意志を表しているように思われた。

そのうちトーニョは、ルピシニオが自分の考えていることを見抜いているのではあるまいかと考えるようになった。いずれにしても、トーニョ・リャーマスがあの男のことを気にしすぎたために、やがては村に帰って彼の姿を見たとたんに、実家に立ち寄って家族のものに挨拶することもなく、あわてて車の向きを変えて引き返すようになった。

曾祖母とルピシニオ（一方はすでに死んでおり、もう一方はまだ生きているが）がいまだに不壊のままだというのに、自分の小説は引き出しの中で腐りはじめていると考えて、絶望感に襲われた。そこで彼は、一九九〇年の夏に重大な決意をした。つまり、ルピシニオを殺そうと考えたのだ。何日もの間あれこれ知恵を絞ったが、なにしろそういう経験がなかったので（実をいうと、トーニョ・リャーマスは文学以外のことでそこまで過激なことを考えたことがなかった）、結局より簡単だと思われる方法を選んだ。道路でルピシニオを待ち受け、彼が両手を後ろに組んでやってくるのを見ると、車を急発進させて一思いに轢き殺そうとした。しかし、それはうまく行かなかった。ルピシニオは片方の腕を骨折しただけで、命拾いしただけでなく、その時のショックがもとで口がきけるようになったのだ。

トーニョ・リャーマスはそのまま逃走し、以後消息が知れない。その後彼の姿を見かけたものはいないが、何人かの人の話では、アストゥリアス地方（スペイン北部、カンタブリア海に面した地方）のどこかに身を隠し、そこの自動車学校の教官をしながら別の小説を書いているとのことである。その小説は文学は腐敗しないということをテーマにした完全な実験小説で、ピリオドやコンマはもちろん、プロットも構造もなく、それに登場人物も出てこない小説だと言われている。

訳者あとがき

　ある日、友人から一通の手紙が届いた。思いのほか厚みがあったので、怪訝に思って封を切ると、中から便箋と一緒に十数枚の写真が出てきた。そこには外国と思われる山間の風景や荒れ果てた家が写っていた。次々に繰っていくと、中に白いペンキを塗った板の上に文字の書かれたものが一枚あった。何だろうと思って見ると、アイニェーリェと書かれてあったので思わず息を呑んだ。

　慌てて手紙を読むと、友人はフリオ・リャマサーレスの『黄色い雨』を読んで感銘を受け、どうしても廃村になったあの村を自分の目で見たいという思いに駆られて、飛行機でスペインへ飛んだ。空港からレンタ・カーを借りてピレネー山脈に向かい、山深く入って車道が切れると車を残して、徒歩であの廃村を目指し、やっとのことで写真を撮ってきたとのことだった。簡潔ではあるが、その時の感動が伝わってくる手紙を読み、写真を見つめながらぼくは、『黄色い雨』の訳が少なくともひとりの読者の心に届いたのだと思うと、うれしくて仕方なかった。

以前スペインに滞在していた時に、ある人からすばらしい小説ですよと勧められてこの作品を読みはじめたのだが、たちまちリャマサーレスの描く世界に魅了された。死者の語りと思われるこの作品を読み進んでいくと、アイニェーリェ村の住民が次々に離村していき、主人公の息子もひとりはスペイン内戦の時に徴兵されて消息不明になり、もうひとりの息子も村と家族を捨てて出て行ったということが明らかになっていく。そしてついに主人公と妻、それに一匹の雌犬だけが残される。

その妻もやがて寂しさに耐え切れなくなって首をくくって死ぬ。主人公は廃村になった村で雌犬とともに細々と露命を繋ぐが、彼らに残されているのはただ死を待ち受けることだけである。ある日、主人公が毒蛇に嚙まれて生死の境をさまようが、その前後から死者たちが彼の前に現れるようになる。そしてついに、唯一かけがえのない友であり仲間である犬に、死の象徴であるポプラの枯れ葉色の影が落ちていることに気づく。いずれこの時が来るだろうと覚悟していた主人公は、そのために大切にとっておいた最後の銃弾で犬を撃ち殺して死者たちのもとへ送り出し、自らもベッドに横になって死の訪れを待つ。

死が深々とした影を落としているというのに、この作品には言いようもなく哀切で透明な美しさが湛えられている。雨のように降りしきるポプラの枯れ葉は、生命の衰微、消滅を暗示すると同時に、死の象徴にもなっている。それが雨となって降りしきり、作品を黄一色に染め上げている。しかし、その一方で束の間の、脆く壊れやすい命を、あるいは荒々しく強靭な自然の生命をかけがえのないものとしていとおしみ、いつくしむ作者の優しさと悲しみに満ちたまなざしが随所に感じとれる。この作品で語られるさまざまなエピソードを通して、読者は失われていくものへの哀惜と別離の悲しみを感じとることだろう。

『黄色い雨』の作者フリオ・リャマサーレスは、一九五五年、スペイン北部レオン地方の炭鉱町ベガミアンに生まれた。父親が小学校の先生をしていた関係で、少年時代はレオン地方を転々とする。やがて、マドリッド大学の法学部に進学し、卒業後一時弁護士の仕事に就くが、詩を書きたいという思いが強くなり、ジャーナリストとして活動するかたわら詩作に励む。一九八二年にはその詩作品『雪の思い出』*Memoria de la nieve* が評価されて、ホルヘ・ギリェン賞を受賞する。その後、「詩は自分にとって祈りのようなものだが、祈りに似た思いを散文でも表現できるようになったので、小説や短編、それに紀行文などを書くようになった」と語っている通り、散文でより幅広い創作活動を行うようになった。ここに紹介した『黄色い雨』は、ピレネーの山深い村で数々の不幸に見舞われながらひっそりあの世へ旅立っていった人々に作者のフリオ・リャマサーレスが捧げた祈りであり、鎮魂の歌であると言えるだろう。

また、その一方で時事問題や国際問題を取り上げたジャーナリスティックなエッセイもいくつか発表している。

以下に彼の主だった作品をあげておこう。

Memoria de la nieve（一九八二、詩集）
Luna de lobos（一九八五、小説／邦題『狼たちの月』ヴィレッジブックス刊）
La lluvia amarilla（一九八八、小説／本書）
El río del olvido（一九九〇、紀行文）
En Babia（一九九一、エッセイ集）
Escenas de cine mudo（一九九四、小説／邦題『無声映画のシーン』ヴィレッジブックス刊）
En mitad de ninguna parte（一九九五、短編集）
Los viajeros de Madrid（一九九八、エッセイ集）
Cuaderno del Duero（一九九九、紀行文）
El cielo de Madrid（二〇〇五、小説）
Entre perro y lobo（二〇〇八、エッセイ集）
Las rosas de piedra（二〇〇八、紀行文）
Tanta pasión para nada（二〇一一、短編集）
Las lágrimas de San Lorenzo（二〇一三、小説）
Distintas formas de mirar el agua（二〇一五、連作短編集）

Cuentos cortos（二〇一六、"*En mitad de ninguna parte*" と "*Tanta pasión para nada*" をまとめて一冊にしたもの）

El viaje de don Quijote（二〇一六、紀行文）

アントニオ・ムーニョス＝モリーナ、ファン・マルセ、ルイス・マルティン＝サントス、ハビエル・マリーアス、エンリーケ・ビラ＝マタスなどスペインの現代作家の多くは、もっぱら大都市を舞台に斬新な手法を駆使して独自の小説世界を作り上げている。そんな中にあって、フリオ・リャマサーレスは人から忘れ去られて地方でひっそり生きる人たちに焦点を当てて、限りない愛情と共感をこめてその人たちの姿を描き出している。彼の作品を読むと、そうした人々への限りなく深い愛と共感、そして救済を願う祈念が込められているように思われる。自身の文学に対する姿勢について彼は次のように語っている。「私はロマン主義的な作家です。とりわけ、文学そのものを目的と考えているという意味でそうです。何かを手に入れるため、つまり有名になりたいとか、お金儲けをしたいとか、何であれべつのものを手に入れるための手段として文学を考えてはいません。私にとっては文学そのものが目的なのです」。

＊

何年も前のことだが、親しい友人でフリー・ランスの編集者をしている郷雅之氏と会った時に『黄色い雨』の話をすると、ぜひ本にしましょうということになり、彼の尽力でソニーマガジンズから出版された。今回、河出書房新社の編集者竹花進氏から、あの訳書を河出文庫に入れたいと思っている、その際できれば同じ作者の短編も二つほど付け加えたいという話が来て、生まれたのがこの翻訳である。二編の短編はリャマサーレスの短編集『どこにもない土地の真ん中で』*En mitad de ninguna parte* by Julio Llamazares ; Cuentos cortos, Debolsillo（Penguin Random House Grupo Editorial, 2016 所収）から選び出したものである。

翻訳の底本には、Julio Llamazares ; *La lluvia amarilla*, Seix Barral, 1988 を用い、適宜英訳 *The Yellow Rain*, translated by Margaret Jull Costa, Harcourt, 2004 を参照した。

本書は、二〇〇五年九月にソニー・マガジンズ（現ヴィレッジブックス）から刊行された単行本『黄色い雨』に、「遮断機のない踏切」「不滅の小説」の訳し下ろし二篇を加え、文庫化したものです。

黄《き》色《いろ》い雨《あめ》

二〇一七年 二 月二〇日 初版発行
二〇二五年 一 月三〇日 2刷発行

著 者 J・リャマサーレス
訳 者 木《き》村《むら》榮一《えいいち》
発行者 小野寺優
発行所 株式会社河出書房新社
〒一六二-八五四四
東京都新宿区東五軒町二-一三
電話〇三-三四〇四-八六一一（編集）
〇三-三四〇四-一二〇一（営業）
https://www.kawade.co.jp/

ロゴ・表紙デザイン 粟津潔
本文フォーマット 佐々木暁
印刷・製本 大日本印刷株式会社

Printed in Japan ISBN978-4-309-46435-0

プラットフォーム

ミシェル・ウエルベック　中村佳子〔訳〕　46414-5

「なぜ人生に熱くなれないのだろう？」――圧倒的な虚無を抱えた「僕」は父の死をきっかけに参加したツアー旅行でヴァレリーに出会う。高度資本主義下の愛と絶望をスキャンダラスに描く名作が遂に文庫化。

ある島の可能性

ミシェル・ウエルベック　中村佳子〔訳〕　46417-6

辛口コメディアンのダニエルはカルト教団に遺伝子を託す。2000年後ユーモアや性愛の失われた世界で生き続けるネオ・ヒューマンたち。現代と未来が交互に語られるSF的長篇。

キャロル

パトリシア・ハイスミス　柿沼瑛子〔訳〕　46416-9

クリスマス、デパートのおもちゃ売り場の店員テレーズは、人妻キャロルと出会い、運命が変わる……サスペンスの女王ハイスミスがおくる、二人の女性の恋の物語。映画化原作ベストセラー。

太陽がいっぱい

パトリシア・ハイスミス　佐宗鈴夫〔訳〕　46427-5

息子ディッキーを米国に呼び戻してほしいという富豪の頼みを受け、トム・リプリーはイタリアに旅立つ。ディッキーに羨望と友情を抱くトムの心に、やがて殺意が生まれる……ハイスミスの代表作。

贋作

パトリシア・ハイスミス　上田公子〔訳〕　46428-2

トム・リプリーは天才画家の贋物事業に手を染めていたが、その秘密が発覚しかける。トムは画家に変装して事態を乗り越えようとするが……名作『太陽がいっぱい』に続くリプリー・シリーズ第二弾。

大洪水

J·M·G·ル·クレジオ　望月芳郎〔訳〕　46315-5

生の中に遍在する死を逃れて錯乱と狂気のうちに太陽で眼を焼くに至る青年ベッソン（プロヴァンス語で双子の意）の十三日間の物語。二〇〇八年ノーベル文学賞を受賞した作家の長篇第一作、待望の文庫化。

ナボコフの文学講義　上

ウラジーミル・ナボコフ　野島秀勝〔訳〕　46381-0

小説の周辺ではなく、そのものについて語ろう。世界文学を代表する作家で、小説読みの達人による講義録。フロベール『ボヴァリー夫人』ほか、オースティン、ディケンズ作品の講義を収録。解説：池澤夏樹

ナボコフの文学講義　下

ウラジーミル・ナボコフ　野島秀勝〔訳〕　46382-7

世界文学を代表する作家にして、小説読みの達人によるスリリングな文学講義録。下巻には、ジョイス『ユリシーズ』カフカ『変身』ほか、スティーヴンソン、プルースト作品の講義を収録。解説：沼野充義

ナボコフのロシア文学講義　上

ウラジーミル・ナボコフ　小笠原豊樹〔訳〕　46387-2

世界文学を代表する巨匠にして、小説読みの達人ナボコフによるロシア文学講義録。上巻は、ドストエフスキー『罪と罰』ほか、ゴーゴリ、ツルゲーネフ作品を取り上げる。解説：若島正。

ナボコフのロシア文学講義　下

ウラジーミル・ナボコフ　小笠原豊樹〔訳〕　46388-9

世界文学を代表する巨匠にして、小説読みの達人ナボコフによるロシア文学講義録。下巻は、トルストイ『アンナ・カレーニン』ほか、チェーホフ、ゴーリキー作品。独自の翻訳論も必読。

ボヴァリー夫人

ギュスターヴ・フローベール　山田𣝣〔訳〕　46321-6

田舎町の医師と結婚した美しき女性エンマ。平凡な生活に失望し、美しい恋を夢見て愛人をつくった彼女が、やがて破産して死を選ぶまでを描く。世界文学に燦然と輝く不滅の名作。

感情教育　上・下

ギュスターヴ・フローベール　山田𣝣〔訳〕　46324-7 46325-4

法律の勉強のために上京したフレデリックは、帰郷の船上で出会った人妻に心奪われ、一途に彼女を慕いながらパリで暮らしていく。革命下のパリで生きる夢見がちな青年と、彼を取り巻く四人の物語。

トーニオ・クレーガー 他一篇

トーマス・マン　平野卿子〔訳〕　46349-0

ぼくは人生を愛している。これはいわば告白だ——孤独で瞑想的な少年トーニオは成長し芸術家として名を成す……巨匠マンの自画像にして不滅の青春小説、清新な新訳版。併録「マーリオと魔術師」。

倦怠

アルヴェルト・モラヴィア　河盛好蔵／脇功〔訳〕　46201-1

ルイ・デリュック賞受賞のフランス映画「倦怠」（C・カーン監督）の原作。空虚な生活を送る画学生が美しき肉体の少女に惹かれ、次第に不条理な裏切りに翻弄されるイタリアの巨匠モラヴィアの代表作。

ランボー全詩集

アルチュール・ランボー　鈴木創士〔訳〕　46326-1

史上、最もラディカルな詩群を残して砂漠へ去り、いまだ燦然と不吉な光を放つアルチュール・ランボーの新訳全詩集。生を賭したランボーの「新しい言語」が鮮烈な日本語でよみがえる。

マリー・アントワネット 上・下

シュテファン・ツヴァイク　関楠生〔訳〕　46282-0　46283-7

一七七〇年、わずか十四歳の王女がフランス王室に嫁いだ。楽しいことが大好きなだけのマリー・アントワネット。歴史はなぜか彼女をフランス革命という表舞台に引きずり出していく。伝記文学の最高傑作。

モデラート・カンタービレ

マルグリット・デュラス　田中倫郎〔訳〕　46013-0

自分の所属している社会からの脱出を漠然と願う人妻アンヌ。偶然目撃した情痴殺人事件の現場。酒場で知り合った男性ショーヴァンとの会話は事件をなぞって展開する……。現代フランスの珠玉の名作。映画化原作。

愛人 ラマン

マルグリット・デュラス　清水徹〔訳〕　46092-5

十八歳でわたしは年老いた！　仏領インドシナを舞台に、十五歳のときの、金持ちの中国人青年との最初の性愛経験を語った自伝的作品として、センセーションを捲き起こした、世界的ベストセラー。映画化原作。

著訳者名の後の数字はISBNコードです。頭に「978-4-309」を付け、お近くの書店にてご注文下さい。